Ödön von Horváth

Jugend ohne Gott

Roman

Mit einem Nachwort
von Elisabeth Tworek
und einer Zeittafel

Deutscher Taschenbuch Verlag

Der Text folgt der Erstausgabe von 1937.

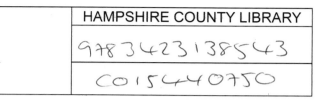
Ausführliche Informationen über
unsere Autoren und Bücher
finden Sie auf unserer Website
www.dtv.de

MIX
Papier aus verantwor-
tungsvollen Quellen
FSC® C019821

Vollständige Ausgabe 2010
4. Auflage 2014
Deutscher Taschenbuch Verlag GmbH & Co. KG,
München
Umschlagkonzept: Balk & Brumshagen
Umschlagfoto: ullstein bild/Neofot-Fotag
Gesetzt aus der Arno Pro 10/12,25˙
Gesamtherstellung: Druckerei C. H. Beck, Nördlingen
Gedruckt auf säurefreiem, chlorfrei gebleichtem Papier
Printed in Germany · ISBN 978-3-423-13854-3

Die Neger

25. März.

Auf meinem Tische stehen Blumen. Lieblich. Ein Geschenk meiner braven Hausfrau, denn heute ist mein Geburtstag.

Aber ich brauche den Tisch und rücke die Blumen beiseite und auch den Brief meiner alten Eltern. Meine Mutter schrieb: »Zu Deinem vierunddreissigsten Geburtstage wünsche ich Dir, mein liebes Kind, das Allerbeste. Gott der Allmächtige gebe Dir Gesundheit, Glück und Zufriedenheit!« Und mein Vater schrieb: »Zu Deinem vierunddreissigsten Geburtstage, mein lieber Sohn, wünsche ich Dir alles Gute. Gott der Allmächtige gebe Dir Glück, Zufriedenheit und Gesundheit!«

Glück kann man immer brauchen, denke ich mir, und gesund bist Du auch, gottlob! Ich klopfe auf Holz. Aber zufrieden? Nein, zufrieden bin ich eigentlich nicht. Doch das ist ja schliesslich niemand.

Ich setze mich an den Tisch, entkorke eine rote Tinte, mach mir dabei die Finger tintig und ärgere mich darüber. Man sollt endlich mal eine Tinte erfinden, mit der man sich unmöglich tintig machen kann!

Nein, zufrieden bin ich wahrlich nicht.

Denk nicht so dumm, herrsch ich mich an. Du hast doch eine sichere Stellung mit Pensionsberechtigung und das ist in der heutigen Zeit, wo niemand weiss, ob sich morgen die

Erde noch drehen wird, allerhand! Wie viele würden sich sämtliche Finger ablecken, wenn sie an deiner Stelle wären?! Wie gering ist doch der Prozentsatz der Lehramtskandidaten, die wirklich Lehrer werden können! Danke Gott, dass Du zum Lehrkörper eines Städtischen Gymnasiums gehörst und dass Du also ohne wirtschaftliche Sorgen alt und blöd werden darfst! Du kannst doch auch hundert Jahre alt werden, vielleicht wirst Du sogar mal der älteste Einwohner des Vaterlandes! Dann kommst Du an Deinem Geburtstag in die Illustrierte und darunter wird stehen: »Er ist noch bei regem Geiste.« Und das alles mit Pension! Bedenk und versündig Dich nicht!

Ich versündige mich nicht und beginne zu arbeiten.

Sechsundzwanzig blaue Hefte liegen neben mir, sechsundzwanzig Buben, so um das vierzehnte Jahr herum, hatten gestern in der Geographiestunde einen Aufsatz zu schreiben, ich unterrichte nämlich Geschichte und Geographie.

Draussen scheint noch die Sonne, fein muss es sein im Park! Doch Beruf ist Pflicht, ich korrigiere die Hefte und schreibe in mein Büchlein hinein, wer etwas taugt oder nicht.

Das von der Aufsichtsbehörde vorgeschriebene Thema der Aufsätze lautet: »Warum müssen wir Kolonien haben?« Ja, warum? Nun, lasset uns hören!

Der erste Schüler beginnt mit einem B: er heisst Bauer, mit dem Vornamen Franz. In dieser Klasse gibts keinen, der mit A beginnt, dafür haben wir aber gleich fünf mit B. Eine Seltenheit, so viele B's bei insgesamt sechsundzwanzig Schülern! Aber zwei B's sind Zwillinge, daher das Ungewöhnliche. Automatisch überfliege ich die Namensliste in meinem Büchlein und stelle fest, dass B nur von S fast erreicht wird – stimmt, vier beginnen mit S, drei mit M, je zwei mit E, G, L und R, je einer mit F, H, N, T, W, Z, während keiner der Buben mit A, C, D, I, O, P, Q, U, V, X, Y beginnt.

Nun, Franz Bauer, warum brauchen wir Kolonien?

»Wir brauchen die Kolonien«, schreibt er, »weil wir zahlreiche Rohstoffe benötigen, denn ohne Rohstoffe könnten wir unsere hochstehende Industrie nicht ihrem innersten Wesen und Werte nach beschäftigen, was zur unleidlichen Folge hätte, dass der heimische Arbeitsmann wieder arbeitslos werden würde.« Sehr richtig, lieber Bauer! »Es dreht sich zwar nicht um die Arbeiter« – sondern, Bauer? –, »es dreht sich vielmehr um das Volksganze, denn auch der Arbeiter gehört letzten Endes zum Volk.«

Das ist ohne Zweifel letzten Endes eine grossartige Entdeckung, geht es mir durch den Sinn und plötzlich fällt es mir wieder auf, wie häufig in unserer Zeit uralte Weisheiten als erstmalig formulierte Schlagworte serviert werden. Oder war das immer schon so?

Ich weiss es nicht.

Jetzt weiss ich nur, dass ich wiedermal sechsundzwanzig Aufsätze durchlesen muss, Aufsätze, die mit schiefen Voraussetzungen falsche Schlussfolgerungen ziehen. Wie schön wärs, wenn sich »schief« und »falsch« aufheben würden, aber sie tuns nicht. Sie wandeln Arm in Arm daher und singen hohle Phrasen.

Ich werde mich hüten als städtischer Beamter, an diesem lieblichen Gesange auch nur die leiseste Kritik zu üben! Wenns auch weh tut, was vermag der Einzelne gegen Alle? Er kann sich nur heimlich ärgern. Und ich will mich nicht mehr ärgern!

Korrigier rasch, Du willst noch ins Kino!

Was schreibt denn da der N?

»Alle Neger sind hinterlistig, feig und faul.« – Zu dumm! Also das streich ich durch!

Und ich will schon mit roter Tinte an den Rand schreiben: »Sinnlose Verallgemeinerung!« – da stocke ich. Aufgepasst, habe ich denn diesen Satz über die Neger in letzter Zeit nicht schon mal gehört? Wo denn nur? Richtig: er tönte aus dem Lautsprecher im Restaurant und verdarb mir fast den Appetit.

Ich lasse den Satz also stehen, denn was einer im Radio redet, darf kein Lehrer im Schulheft streichen.

Und während ich weiterlese, höre ich immer das Radio: es lispelt, es heult, es bellt, es girrt, es droht – und die Zeitungen drucken es nach und die Kindlein, sie schreiben es ab.

Nun hab ich den Buchstaben T verlassen und schon kommt Z. Wo bleibt W? Habe ich das Heft verlegt? Nein, der W war ja gestern krank – er hatte sich am Sonntag im Stadion eine Lungenentzündung geholt, stimmt, der Vater hats mir ja schriftlich korrekt mitgeteilt. Armer W! Warum gehst Du auch ins Stadion, wenns eisig in Strömen regnet?

Diese Frage könntest Du eigentlich auch an Dich selbst stellen, fällt es mir ein, denn Du warst ja am Sonntag ebenfalls im Stadion und harrtest treu bis zum Schlusspfiff aus, obwohl der Fussball, den die beiden Mannschaften boten, keineswegs hochklassig war. Ja, das Spiel war sogar ausgesprochen langweilig – also: warum bliebst Du? Und mit Dir dreissigtausend zahlende Zuschauer?

Warum?

Wenn der Rechtsaussen den linken Half überspielt und zentert, wenn der Mittelstürmer den Ball in den leeren Raum vorlegt und der Tormann sich wirft, wenn der Halblinke seine Verteidigung entlastet und ein Flügelspiel forciert, wenn der Verteidiger auf der Torlinie rettet, wenn einer unfair rempelt oder eine ritterliche Geste verübt, wenn der Schiedsrichter gut ist oder schwach, parteiisch oder parteilos, dann existiert für den Zuschauer nichts auf der Welt, ausser dem Fussball, ob die Sonne scheint, obs regnet oder schneit. Dann hat er alles vergessen.

Was »alles«?

Ich muss lächeln: die Neger, wahrscheinlich – –

Es regnet

Als ich am nächsten Morgen in das Gymnasium kam und die Treppe zum Lehrerzimmer emporstieg, hörte ich auf dem zweiten Stock einen wüsten Lärm. Ich eilte empor und sah, dass fünf Jungen, und zwar E, G, R, H, T, einen verprügelten, nämlich den F.

»Was fällt Euch denn ein?« schrie ich sie an. »Wenn Ihr schon glaubt, noch raufen zu müssen, wie die Volksschüler, dann rauft doch gefälligst einer gegen einen, aber fünf gegen einen, also das ist eine Feigheit!«

Sie sahen mich verständnislos an, auch der F, über den die fünf hergefallen waren. Sein Kragen war zerrissen.

»Was hat er Euch denn getan?« fragte ich weiter, doch die Helden wollten nicht recht heraus mit der Sprache und auch der Verprügelte nicht. Erst allmählich brachte ich es heraus, dass der F den fünfen nichts angetan hatte, sondern im Gegenteil: die fünf hatten ihm seine Buttersemmel gestohlen, nicht, um sie zu essen, sondern nur, damit er keine hat. Sie haben die Semmel durch das Fenster auf den Hof geschmissen.

Ich schaue hinab. Dort liegt sie auf dem grauen Stein. Es regnet noch immer und die Semmel leuchtet hell herauf.

Und ich denke: vielleicht haben die fünf keine Semmeln und es ärgerte sie, dass der F eine hatte. Doch nein, sie hatten alle ihre Semmeln und der G sogar zwei. Und ich frage nochmals: »Warum habt Ihr das also getan?«

Sie wissen es selber nicht. Sie stehen vor mir und grinsen verlegen. Ja, der Mensch dürfte wohl böse sein und das steht auch schon in der Bibel. Als es aufhörte zu regnen und die Wasser der Sündflut wieder wichen, sagte Gott: »Ich will hinfort nichtmehr die Erde strafen um der Menschen Willen, denn das Trachten des menschlichen Herzens ist böse von Jugend auf.«

Hat Gott sein Versprechen gehalten? Ich weiss es noch nicht. Aber ich frage nun nicht mehr, warum sie die Semmel auf den Hof geworfen haben. Ich erkundige mich nur, ob sie es noch nie gehört hätten, dass sich seit Urzeiten her, seit tausend und tausend Jahren, seit dem Beginn der menschlichen Gesittung, immer stärker und stärker ein ungeschriebenes Gesetz herausgebildet hat, ein schönes männliches Gesetz: Wenn Ihr schon rauft, dann raufe nur einer gegen einen! Bleibet immer ritterlich! Und ich wende mich wieder an die fünf und frage: »Schämt Ihr Euch denn nicht?«

Sie schämen sich nicht. Ich rede eine andere Sprache. Sie sehen mich gross an, nur der Verprügelte lächelt. Er lacht mich aus.

»Schliesst das Fenster«, sage ich, »sonst regnets noch herein!«

Sie schliessen es.

Was wird das für eine Generation? Eine harte oder nur eine rohe?

Ich sage kein Wort mehr und gehe ins Lehrerzimmer. Auf der Treppe bleibe ich stehen und lausche: ob sie wohl wieder raufen? Nein, es ist still. Sie wundern sich.

Die reichen Plebejer

Von 10–11 hatte ich Geographie. In dieser Stunde musste ich die gestern korrigierte Schulaufgabe betreffs der kolonialen Frage drannehmen. Wie bereits erwähnt, hatte man gegen den Inhalt der Aufsätze vorschriftsgemäss nichts einzuwenden.

Ich sprach also, während ich nun die Hefte an die Schüler verteilte, lediglich über Sprachgefühl, Orthographie und Formalitäten. So sagte ich dem einen B, er möge nicht immer über den linken Rand hinausschreiben, dem R, die Absätze müssten grösser sein, dem Z, man schreibt Kolonien mit e und nicht Kolonihn mit h. Nur als ich dem N sein Heft zurückgab, konnte ich mich nicht zurückhalten: »Du schreibst«, sagte ich, »dass wir Weissen kulturell und zivilisatorisch über den Negern stehen, und das dürfte auch stimmen. Aber Du darfst doch nicht schreiben, dass es auf die Neger nicht ankommt, ob sie nämlich leben könnten oder nicht. Auch die Neger sind doch Menschen.«

Er sah mich einen Augenblick starr an und dann glitt ein unangenehmer Zug über sein Gesicht. Oder hatte ich mich getäuscht? Er nahm sein Heft mit der guten Note, verbeugte sich korrekt und nahm wieder Platz in seiner Bank.

Bald sollte ich es erfahren, dass ich mich nicht getäuscht hatte.

Bereits am nächsten Tage erschien der Vater des N in meiner Sprechstunde, die ich wöchentlich einmal abhalten musste, um mit den Eltern in Kontakt zu kommen. Sie erkundigten sich über die Fortschritte ihrer Kinder und holten sich Auskunft über allerhand, meist recht belanglose, Erziehungsprobleme. Es waren brave Bürger, Beamte, Offiziere, Kaufleute. Arbeiter war keiner darunter.

Bei manchem Vater hatte ich das Gefühl, dass er über den Inhalt der diversen Schulaufsätze seines Sprösslings ähnlich denkt wie ich. Aber wir sahen uns nur an, lächelten und sprachen über das Wetter. Die meisten Väter waren älter als ich, einer war sogar ein richtiger Greis. Der Jüngste ist vor knapp zwei Wochen achtundzwanzig geworden. Er hatte mit siebzehn Jahren die Tochter eines Industriellen verführt, ein eleganter Mensch. Wenn er zu mir kommt, fährt er immer in seinem Sportwagen vor. Die Frau bleibt unten sitzen und ich kann sie von droben sehen. Ihren Hut, ihre Arme, ihre Beine. Sonst nichts. Aber sie gefällt mir. Du könntest auch schon einen Sohn haben, denke ich dann, aber ich kann mich beherrschen, ein Kind in die Welt zu setzen. Nur damits in irgendeinem Krieg erschossen wird!

Nun stand der Vater des N vor mir. Er hatte einen selbstsicheren Gang und sah mir aufrecht in die Augen. »Ich bin der Vater des Otto N.« »Freut mich, Sie kennen zu lernen, Herr N«, antwortete ich, verbeugte mich, wie es sich gehört, bot ihm Platz an, doch er setzte sich nicht. »Herr Lehrer«, begann er, »mein Hiersein hat den Grund in einer überaus ernsten Angelegenheit, die wohl noch schwerwiegende Folgen haben dürfte. Mein Sohn Otto teilte mir gestern nachmittag in heller Empörung mit, dass Sie, Herr Lehrer, eine schier unerhörte Bemerkung fallen gelassen hätten –«

»Ich?!«

»Jawohl, Sie!«

»Wann?«

»Anlässlich der gestrigen Geographiestunde. Die Schüler schrieben einen Aufsatz über Kolonialprobleme und da sagten Sie zu meinem Otto: Auch die Neger sind Menschen. Sie wissen wohl, was ich meine?«

»Nein.«

Ich wusste es wirklich nicht. Er sah mich prüfend an. Gott, muss der dumm sein, dachte ich.

»Mein Hiersein«, begann er wieder langsam und betont, »hat seinen Grund in der Tatsache, dass ich seit frühester Jugend nach Gerechtigkeit strebe. Ich frage Sie also: ist jene ominöse Äusserung über die Neger Ihrerseits in dieser Form und in diesem Zusammenhange tatsächlich gefallen oder nicht?«

»Ja«, sagte ich und musste lächeln: »Ihr Hiersein wäre also nicht umsonst –«

»Bedauere bitte«, unterbrach er mich schroff, »ich bin zu Scherzen nicht aufgelegt! Sie sind sich wohl noch nicht im Klaren darüber, was eine derartige Äusserung über die Neger bedeutet?! Das ist Sabotage am Vaterland! Oh, mir machen Sie nichts vor! Ich weiss es nur zu gut, auf welch heimlichen Wegen und mit welch perfiden Schlichen das Gift Ihrer Humanitätsduselei unschuldige Kinderseelen zu unterhöhlen trachtet!«

Nun wurd's mir aber zu bunt!

»Erlauben Sie«, brauste ich auf, »das steht doch bereits in der Bibel, dass alle Menschen Menschen sind!«

»Als die Bibel geschrieben wurde, gabs noch keine Kolonien in unserem Sinne«, dozierte felsenfest der Bäckermeister. »Eine Bibel muss man in übertragenem Sinn verstehen, bildlich oder garnicht! Herr, glauben Sie denn, dass Adam und Eva leibhaftig gelebt haben oder nur bildlich?! Na also! Sie werden sich nicht auf den lieben Gott hinausreden, dafür werde ich sorgen!«

»Sie werden für garnichts sorgen«, sagte ich und komplimentierte ihn hinaus. Es war ein Hinauswurf. »Bei Philippi sehen wir uns wieder!« rief er mir noch zu und verschwand.

Zwei Tage später stand ich bei Philippi.

Der Direktor hatte mich rufen lassen. »Hören Sie«, sagte er, »es kam hier ein Schreiben von der Aufsichtsbehörde. Ein gewisser Bäckermeister N hat sich über Sie beschwert, Sie sollen da so Äusserungen fallen gelassen haben. – Nun, ich kenne das und weiss, wie solche Beschwerden zustande kommen, mir müssen Sie nichts erklären! Doch, lieber Kollege, ist es meine Pflicht, Sie darauf aufmerksam zu machen, dass sich derlei nicht wiederholt. Sie vergessen das geheime Rundschreiben 5679 u/33! Wir müssen von der Jugend alles fernhalten, was nur in irgendeiner Weise ihre zukünftigen militärischen Fähigkeiten beeinträchtigen könnte – das heisst: wir müssen sie moralisch zum Krieg erziehen. Punkt!«

Ich sah den Direktor an, er lächelte und erriet meine Gedanken. Dann erhob er sich und ging hin und her. Er ist ein schöner alter Mann, dachte ich.

»Sie wundern sich«, sagte er plötzlich, »dass ich die Kriegsposaune blase, und Sie wundern sich mit Recht! Sie denken jetzt, siehe welch ein Mensch! Vor wenigen Jahren noch unterschrieb er flammende Friedensbotschaften, und heute? Heut rüstet er zur Schlacht!«

»Ich weiss es, dass Sie es nur gezwungen tun«, suchte ich ihn zu beruhigen.

Er horchte auf, blieb vor mir stehen und sah mich aufmerksam an. »Junger Mann«, sagte er ernst, »merken Sie sich eines: es gibt keinen Zwang. Ich könnte ja dem Zeitgeist widersprechen und mich von einem Herrn Bäckermeister einsperren lassen, ich könnte ja hier gehen, aber ich will nicht gehen, jawohl, ich will nicht! Denn ich möchte die Altersgrenze erreichen, um die volle Pension beziehen zu können.«

Das ist ja recht fein, dachte ich.

»Sie halten mich für einen Zyniker«, fuhr er fort und sah mich nun schon ganz väterlich an. »Oh, nein! Wir alle, die wir zu höheren Ufern der Menschheit strebten, haben eines vergessen: die Zeit! Die Zeit, in der wir leben. Lieber Kollege, wer soviel gesehen hat wie ich, der erfasst allmählich das Wesen der Dinge.«

Du hast leicht reden, dachte ich wieder, Du hast ja noch die schöne Vorkriegszeit miterlebt. Aber ich? Ich hab erst im letzten Kriegsjahr zum erstenmal geliebt und frage nicht, was.

»Wir leben in einer plebejischen Welt«, nickte er mir traurig zu. »Denken Sie nur an das alte Rom, 287 vor Christi Geburt. Der Kampf zwischen den Patriziern und Plebejern war noch nicht entschieden, aber die Plebejer hatten bereits wichtigste Staatsposten besetzt.«

»Erlauben Sie, Herr Direktor«, wagte ich einzuwenden, »soviel ich weiss, regieren bei uns doch keine armen Plebejer, sondern es regiert einzig und allein das Geld.«

Er sah mich wieder gross an und lächelte versteckt: »Das stimmt. Aber ich werde Ihnen jetzt gleich ein Ungenügend in Geschichte geben, Herr Geschichtsprofessor! Sie vergessen ja ganz, dass es auch reiche Plebejer gab. Erinnern Sie sich?«

Ich erinnerte mich. Natürlich! Die reichen Plebejer verliessen das Volk und bildeten mit den bereits etwas dekadenten Patriziern den neuen Amtsadel, die sogenannten Optimates.

»Vergessen Sies nur nicht wieder!«

»Nein.«

Das Brot

Als ich zur nächsten Stunde die Klasse, in der ich mir erlaubte, etwas über die Neger zu sagen, betrete, fühle ich sogleich, dass etwas nicht in Ordnung ist. Haben die Herren meinen Stuhl mit Tinte beschmiert? Nein. Warum schauen sie mich nur so schadenfroh an?

Da hebt einer die Hand. Was gibts? Er kommt zu mir, verbeugt sich leicht, überreicht mir einen Brief und setzt sich wieder.

Was soll das?

Ich erbreche den Brief, überfliege ihn, möchte hochfahren, beherrsche mich jedoch und tue, als würd ich ihn genau lesen. Ja, alle haben ihn unterschrieben, alle fünfundzwanzig, der W ist noch immer krank.

»Wir wünschen nicht mehr«, steht in dem Brief, »von Ihnen unterrichtet zu werden, denn nach dem Vorgefallenen haben wir Endesunterzeichneten kein Vertrauen mehr zu Ihnen und bitten um eine andere Lehrkraft.«

Ich blicke die Endesunterzeichneten an, einen nach dem anderen. Sie schweigen und sehen mich nicht an. Ich unterdrücke meine Erregung und frage, wie so nebenbei: »Wer hat das geschrieben?«

Keiner meldet sich.

»So seid doch nicht so feig!«

Sie rühren sich nicht.

»Schön«, sage ich und erhebe mich, »es interessiert mich auch nicht mehr, wer das geschrieben hat, Ihr habt Euch ja alle unterzeichnet – Gut, auch ich habe nicht die geringste Lust, eine Klasse zu unterrichten, die zu mir kein Vertrauen hat. Doch glaubt mir, ich wollte nach bestem Gewissen« – ich stocke, denn ich bemerke plötzlich, dass einer unter der Bank schreibt.

»Was schreibst Du dort?«

Er will es verstecken.

»Gibs her!«

Ich nehm es ihm weg und er lächelt höhnisch. Es ist ein Blatt Papier, auf dem er jedes meiner Worte mitstenographierte.

»Ach, Ihr wollt mich bespitzeln?«

Sie grinsen.

Grinst nur, ich verachte Euch. Hier hab ich, bei Gott, nichts mehr verloren. Soll sich ein Anderer mit Euch raufen!

Ich gehe zum Direktor, teile ihm das Vorgefallene mit und

bitte um eine andere Klasse. Er lächelt: »Meinen Sie, die anderen sind besser?« Dann begleitet er mich in die Klasse zurück. Er tobt, er schreit, er beschimpft sie – ein herrlicher Schauspieler! Eine Frechheit wärs, brüllt er, eine Niedertracht, und die Lümmel hätten kein Recht, einen anderen Lehrer zu fordern, was ihnen einfiele, ob sie denn verrückt geworden seien, usw.! Dann lässt er mich wieder allein zurück.

Da sitzen sie nun vor mir. Sie hassen mich. Sie möchten mich ruinieren, meine Existenz und alles, nur weil sie es nicht vertragen können, dass ein Neger auch ein Mensch ist. Ihr seid keine Menschen, nein!

Aber wartet nur, Freunde! Ich werde mir wegen Euch keine Disziplinarstrafe zuziehen, geschweige denn mein Brot verlieren – nichts zum Fressen soll ich haben, was? Keine Kleider, keine Schuhe? Kein Dach? Würd Euch so passen! Nein, ich werde Euch von nun ab nurmehr erzählen, dass es keine Menschen gibt, ausser Euch, ich will es Euch so lange erzählen, bis Euch die Neger rösten! Ihr wollt es ja nicht anders!

Die Pest

An diesem Abend wollt ich nicht schlafen gehen. Immer sah ich das Stenogramm vor mir – ja, sie wollen mich vernichten.

Wenn sie Indianer wären, würden sie mich an den Marterpfahl binden und skalpieren, und zwar mit dem besten Gewissen.

Sie sind überzeugt, sie hätten recht.

Es ist eine schreckliche Bande!

Oder versteh ich sie nicht? Bin ich denn mit meinen vierunddreissig Jahren bereits zu alt? Ist die Kluft zwischen uns tiefer als sonst zwischen Generationen?

Heut glaube ich, sie ist unüberbrückbar.

Dass diese Burschen alles ablehnen, was mir heilig ist, wär zwar noch nicht so schlimm. Schlimmer ist schon, wie sie es ablehnen, nämlich: ohne es zu kennen. Aber das Schlimmste ist, dass sie es überhaupt nicht kennen lernen wollen!

Alles Denken ist ihnen verhasst.

Sie pfeifen auf den Menschen! Sie wollen Maschinen sein, Schrauben, Räder, Kolben, Riemen – doch noch lieber als Maschinen wären sie Munition: Bomben, Schrapnells, Granaten. Wie gerne würden sie krepieren auf irgendeinem Feld! Der Name auf einem Kriegerdenkmal ist der Traum ihrer Pubertät.

Doch halt! Ist es nicht eine grosse Tugend, diese Bereitschaft zum höchsten Opfer?

Gewiss, wenn es um eine gerechte Sache geht –

Um was geht es hier?

»Recht ist, was der eigenen Sippschaft frommt«, sagt das Radio. Was uns nicht gut tut, ist Unrecht. Also ist alles erlaubt, Mord, Raub, Brandstiftung, Meineid – ja, es ist nicht nur erlaubt, sondern es gibt überhaupt keine Untaten, wenn sie im Interesse der Sippschaft begangen werden! Was ist das?

Der Standpunkt des Verbrechers.

Als die reichen Plebejer im alten Rom fürchteten, dass das Volk seine Forderung, die Steuern zu erleichtern, durchdrücken könnte, zogen sie sich in den Turm der Diktatur zurück. Und sie verurteilten den Patrizier Manlius Capitolinus, der mit seinem Vermögen plebejische Schuldner aus der Schuldhaft befreien wollte, als Hochverräter zum Tode und stürzten ihn vom Tarpejischen Felsen hinab.

Seit es eine menschliche Gesellschaft gibt, kann sie aus Selbsterhaltungsgründen auf das Verbrechen nicht verzichten. Aber die Verbrechen wurden verschwiegen, vertuscht, man hat sich ihrer geschämt.

Heute ist man stolz auf sie.

Es ist eine Pest.

Wir sind alle verseucht, Freund und Feind. Unsere Seelen sind voller schwarzer Beulen, bald werden sie sterben. Dann leben wir weiter und sind doch tot.

Auch meine Seele ist schon schwach. Wenn ich in der Zeitung lese, dass einer von denen umgekommen ist, denke ich: »Zu wenig! Zu wenig!«

Habe ich nicht auch heute gedacht: »Geht alle drauf«?

Nein, jetzt will ich nicht weiterdenken! Jetzt wasche ich meine Hände und geh ins Café. Dort sitzt immer wer, mit dem man Schach spielen kann! Nur hinaus jetzt aus meinem Zimmer! Luft! –

Die Blumen, die ich von meiner Hausfrau zum Geburtstag bekam, sind verwelkt. Sie kommen auf den Mist.

Morgen ist Sonntag.

In dem Café sitzt keiner, den ich kenne. Niemand.

Was tun?

Ich geh ins Kino.

In der Wochenschau seh ich die reichen Plebejer. Sie enthüllen ihre eigenen Denkmäler, machen die ersten Spatenstiche und nehmen die Paraden ihrer Leibgarden ab. Dann folgt ein Mäuslein, das die grössten Katzen besiegt, und dann eine spannende Kriminalgeschichte, in der viel geschossen wird, damit das gute Prinzip triumphieren möge.

Als ich das Kino verlasse, ist es Nacht.

Aber ich geh nicht nach Haus. Ich fürchte mich vor meinem Zimmer.

Drüben ist eine Bar, dort werd ich was trinken, wenn sie billig ist.

Sie ist nicht teuer.

Ich trete ein. Ein Fräulein will mir Gesellschaft leisten.

»So ganz allein?« fragt sie.

»Ja«, lächle ich, »leider –«

»Darf ich mich zu Ihnen setzen?«

»Nein.«

Sie zieht sich gekränkt zurück. Ich wollt Ihnen nicht weh tun, Fräulein. Seien Sie mir nicht böse, aber ich bin allein.

Das Zeitalter der Fische

Als ich den sechsten Schnaps getrunken hatte, dachte ich, man müsste eine Waffe erfinden, mit der man jede Waffe um ihren Effekt bringen könnte, gewissermassen also: das Gegenteil einer Waffe – ach, wenn ich nur ein Erfinder wäre, was würd ich nicht alles erfinden! Wie glücklich wär die Welt!

Aber ich bin kein Erfinder, und was würde die Welt nicht alles versäumen, wenn ich ihr Licht nicht erblickt hätte? Was würde die Sonne dazu sagen? Und wer würde denn dann in meinem Zimmer wohnen?

Frag nicht so dumm, Du bist betrunken! Du bist eben da.

Was willst Du denn noch, wo Du es garnicht wissen kannst, ob es Dein Zimmer überhaupt geben würde, wenn Du nicht geboren worden wärst? Vielleicht wär dann Dein Bett noch ein Baum! Na also! Schäm Dich, alter Esel, fragst mit metaphysischen Allüren, wie ein Schulbub von anno dazumal, der seine Aufklärung in puncto Liebe noch nicht verdaut hat! Forsche nicht im Verborgenen, trink lieber Deinen siebten Schnaps!

Ich trinke, ich trinke – Meine Damen und Herren, ich liebe den Frieden nicht! Ich wünsche uns allen den Tod! Aber keinen einfachen, sondern einen komplizierten – man müsste die Folter wieder einführen, jawohl: die Folter! Man kann nicht genug Schuldgeständnisse erpressen, denn der Mensch ist schlecht!

Nach dem achten Schnaps nickte ich dem Pianisten freundlich zu, obwohl mir seine Musik bis zum sechsten Schnaps arg missfiel. Ich bemerkte es garnicht, dass ein Herr vor mir stand, der mich bereits zweimal angesprochen hatte. Erst beim drittenmal erblickte ich ihn.

Ich erkannte ihn sogleich.

Es war unser Julius Caesar.

Ursprünglich ein geachteter Kollege, ein Altphilologe vom Mädchenlyzeum, geriet er in eine böse Sache. Er liess sich mit einer minderjährigen Schülerin ein und wurde eingesperrt. Man sah ihn lange nicht, dann hörte ich, er würde mit allerhand Schund hausieren, von Tür zu Tür. Er trug eine auffallend grosse Krawattennadel, einen Miniaturtotenkopf, in welchem eine einzige Glühbirne stak, die mit einer Batterie in seiner Tasche verbunden war. Drückte er auf einen Knopf, leuchteten die Augenhöhlen seines Totenkopfes rot auf. Das waren seine Scherze. Eine gestrandete Existenz.

Ich weiss es nicht mehr, wieso es kam, dass er plötzlich neben mir sass und dass wir in eine hitzige Debatte verstrickt waren. Ja, ich war sehr betrunken und erinnere mich nur an einzelne Gesprächsfetzen –

Julius Caesar sagt: »Was Sie da herumreden, verehrter Kollega, ist lauter unausgegorenes Zeug! Höchste Zeit, dass Sie sich mal mit einem Menschen unterhalten, der nichts mehr zu erhoffen hat und der daher mit freiem Blick den Wandel der Generationen unbestechlich begreift! Also Sie, Kollega, und ich, das sind nach Adam Riese zwei Generationen, und die Lausbuben in Ihrer Klasse sind auch eine Generation, zusammen sind wir also nach Adam Riese drei Generationen. Ich bin sechzig, Sie zirka dreissig und jene Lauser zirka vierzehn. Passt auf! Entscheidend für die Gesamthaltung eines ganzen Lebens sind die Erlebnisse der Pubertät, insbesondere beim männlichen Geschlecht.«

»Langweilens mich nicht«, sagte ich.

»Auch wenn ich Sie langweil, hörens mir zu, sonst werd ich wild! Also das oberste und einzigste Generalproblem der Pubertät meiner Generation war das Weib, das heisst: das Weib, das wir nicht bekamen. Denn damals war das noch nicht so. Infolgedessen war unser markantestes Erlebnis jener Tage die Selbstbefriedigung, samt allen ihren altmodischen Folgeerscheinungen, nämlich mit der, wie sichs leider erst später herausstellen sollte, völlig sinnlosen Angst vor gesundheitsschädigenden Konsequenzen etcetera. Mit anderen Worten: wir stolperten über das Weib und schlitterten in den Weltkrieg hinein. Anlässlich nun Ihrer Pubertät, Kollega, war der Krieg gerade im schönsten Gange. Es gab keine Männer und die Weiber wurden williger. Ihr kamt garnicht dazu, Euch auf Euch selbst zu besinnen, die unterernährte Damenwelt stürzte sich auf Euer Frühlingserwachen. Für Euere Generation war das Weib keine Heilige mehr, drum wird es Euresgleichen auch nie restlos befriedigen, denn im tiefsten Winkel Euerer Seelen sehnt Ihr Euch nach dem Reinen, Hehren, Unnahbaren – mit anderen Worten: nach der Selbstbefriedigung. In diesem Falle stolperten die Weiber über Euch Jünglinge und schlitterten in die Vermännlichung hinein.«

»Kollega, Sie sind ein Erotomane.«

»Wieso?«

»Weil Sie die ganze Schöpfung aus einem geschlechtlichen Winkel heraus betrachten. Das ist zwar ein Kennzeichen Ihrer Generation, besonders in Ihrem Alter – aber bleiben Sie doch nicht immer im Bett liegen! Stehen Sie auf, ziehen Sie den Vorhang zur Seite, lassen Sie Licht herein und blicken Sie mit mir hinaus!«

»Und was sehen wir draussen?«

»Nichts schönes, jedoch trotzdem!«

»Mir scheint, Sie sind ein verkappter Romantiker! Ich bitt Sie, unterbrechens mich nicht mehr! Setz Dich! Wir kommen jetzt zur dritten Generation, nämlich zu den heute Vierzehnjährigen: für die ist das Weib überhaupt kein Problem mehr, denn es gibt keine wahrhaften Frauen mehr, es gibt nur lernende, rudernde, gymnastiktreibende, marschierende Ungeheuer! Ist es Ihnen aufgefallen, dass die Weiber immer reizloser werden?«

»Sie sind ein einseitiger Mensch!«

»Wer möchte sich für eine rucksacktragende Venus begeistern? Ich nicht! Jaja, das Unglück der heutigen Jugend ist, dass sie keine korrekte Pubertät mehr hat – erotisch, politisch, moralisch etcetera, alles wurde vermanscht, verpantscht, alles in einen Topf! Und ausserdem wurden zuviele Niederlagen als Siege gefeiert, zu oft wurden die innigsten Gefühle der Jugend in Anspruch genommen für irgendeinen Popanz, während sie es auf einer anderen Seite wieder zu bequem hat: sie müssen ja nur das abschreiben, was das Radio zusammenblödelt, und schon bekommen sie die besten Noten. Aber es gibt auch noch Einzelne, Gottseidank!«

»Was für Einzelne?«

Er sah sich ängstlich um, neigte sich dicht zu mir und sagte sehr leise: »Ich kenne eine Dame, deren Sohn geht ins Realgymnasium. Robert heisst er und ist fünfzehn Jahre alt. Neulich hat er so ein bestimmtes Buch gelesen, heimlich – nein, kein erotisches, sondern ein nihilistisches. Es hiess: ›Über die Würde des menschlichen Lebens‹ und ist streng verboten.«

Wir sahen uns an. Wir tranken.

»Sie glauben also, dass Einzelne von denen heimlich lesen?«

»Ich weiss es. Bei jener Dame ist manchmal ein direktes Kränzchen, sie ist oft schon ganz ausser sich. Die Buben lesen alles. Aber sie lesen nur, um spötteln zu können. Sie leben in einem Paradies der Dummheit, und ihr Ideal ist der Hohn. Es kommen kalte Zeiten, das Zeitalter der Fische.«

»Der Fische?«

»Ich bin zwar nur ein Amateurastrolog, aber die Erde dreht sich in das Zeichen der Fische hinein. Da wird die Seele des Menschen unbeweglich wie das Antlitz eines Fisches.« – –

Das ist alles, was ich von der langen Debatte mit Julius Caesar behielt. Ich weiss nur noch, dass er, während ich sprach, öfters seinen Totenkopf illuminierte, um mich zu irritieren. Aber ich liess mich nicht, obwohl ich sinnlos betrunken war. –

Dann erwache ich in einem fremden Zimmer. Ich lieg in einem anderen Bett. Es ist finster und ich höre wen ruhig atmen. Es ist eine Frau – aha. Sie schläft. Bist Du blond, schwarz, braun, rot? Ich erinnere mich nicht. Wie siehst Du denn aus? Soll ich die Lampe andrehen?

Nein. Schlaf nur zu.

Vorsichtig stehe ich auf und trete ans Fenster.

Es ist noch Nacht. Ich sehe nichts. Keine Strasse, kein Haus. Alles nur Nebel. Und der Schein einer fernen Laterne fällt auf den Nebel, und der Nebel sieht aus wie Wasser. Als wäre mein Fenster unter dem Meer.

Ich schau nicht mehr hinaus.

Sonst schwimmen die Fische ans Fenster und schauen herein.

Der Tormann

Als ich morgens nach Hause kam, erwartete mich bereits meine Hausfrau. Sie war sehr aufgeregt. »Es ist ein Herr da«, sagte sie, »er wartet auf Sie schon seit zwanzig Minuten, ich hab ihn in den Salon gesetzt. Wo waren Sie denn?«

»Bei Bekannten. Sie wohnen auswärts, und ich habe den letzten Zug verpasst, drum blieb ich gleich draussen über Nacht.«

Ich betrat den Salon.

Dort stand ein kleiner, bescheidener Mann neben dem

Piano. Er blätterte im Musikalbum, ich erkannte ihn nicht sogleich. Er hatte entzündete Augen. Übernächtig, ging es mir durch den Sinn. Oder hat er geweint? »Ich bin der Vater des W«, sagte er, »Herr Lehrer, Sie müssen mir helfen, es ist etwas entsetzliches passiert! Mein Sohn wird sterben!«

»Was?!«

»Ja, er hat sich doch so furchtbar erkältet, heut vor acht Tagen beim Fussball im Stadion, und der Arzt meint, nur ein Wunder könnte ihn retten, aber es gibt keine Wunder, Herr Lehrer. Die Mutter weiss es noch garnicht, ich wagte es ihr noch nicht mitzuteilen – mein Sohn ist nur noch manchmal bei Besinnung, Herr Lehrer, sonst hat er immer nur seine Fieberphantasien, aber wenn er bei Besinnung ist, verlangt er immer so sehr, jemanden zu sehen –«

»Mich?«

»Nein, nicht Sie, Herr Lehrer, er möchte den Tormann sehen, den Fussballer, der am letzten Sonntag so gut gespielt haben soll, der ist sein ganzes Ideal! Und ich dachte, Sie wüssten es vielleicht, wo ich diesen Tormann auftreiben könnt, vielleicht wenn man ihn bittet, dass er kommt.«

»Ich weiss, wo er wohnt«, sagte ich, »und ich werde mit ihm sprechen. Gehen Sie nur nach Hause, ich bring den Tormann mit!«

Er ging.

Ich zog mich rasch um und ging auch. Zum Tormann.

Er wohnt in meiner Nähe. Ich kenne sein Sportgeschäft, das seine Schwester führt.

Da es Sonntag war, war es geschlossen. Aber der Tormann wohnt im selben Haus, im dritten Stock.

Er frühstückte gerade. Das Zimmer war voller Trophäen. Er war sofort bereit, mitzukommen. Er liess sogar sein

Frühstück stehen und lief vor mir die Treppen hinab. Er nahm uns ein Taxi und liess mich nicht zahlen.

In der Haustür empfing uns der Vater. Er schien noch kleiner geworden zu sein. »Er ist nicht bei sich«, sagte er leise, »und der Arzt ist da, aber kommen Sie nur herein, meine Herren! Ich danke Ihnen vielmals, Herr Tormann!«

Das Zimmer war halbdunkel, und in der Ecke stand ein breites Bett. Dort lag er. Sein Kopf war hochrot und es fiel mir ein, dass er der Kleinste der Klasse war. Seine Mutter war auch klein.

Der grosse Tormann blieb verlegen stehen. Also hier lag einer seiner ehrlichsten Bewunderer. Einer von den vielen Tausend, die ihm zujubeln, die am meisten schreien, die seine Biographie kennen, die ihn um Autogramme bitten, die so gerne hinter seinem Tor sitzen und die er durch die Ordner immer wieder vertreiben lässt. Er setzte sich still neben das Bett und sah ihn an.

Die Mutter beugte sich über das Bett. »Heinrich«, sagte sie, »der Tormann ist da.«

Der Junge öffnete die Augen und erblickte den Tormann. »Fein«, lächelte er.

»Ich bin gekommen«, sagte der Tormann, »denn Du wolltest mich sehen.«

»Wann spielt Ihr gegen England?« fragte der Junge.

»Das wissen die Götter«, meinte der Tormann, »sie streiten sich im Verband herum, und die oberste Sportbehörde funkt dazwischen! Wir haben Terminschwierigkeiten – ich glaub, wir werden eher noch gegen Schottland spielen.«

»Gegen die Schotten gehts leichter –«

»Oho! Die Schotten schiessen ungeheuer rasch und aus jeder Lage.«

»Erzähl, erzähl!«

Und der Tormann erzählte. Er sprach von berühmt-gewordenen Siegen und unverdienten Niederlagen, von strengen Schiedsrichtern und korrupten Linienrichtern. Er stand auf, nahm zwei Stühle, markierte mit ihnen das Tor und demonstrierte, wie er einst zwei Elfer hintereinander abgewehrt hatte. Er zeigte seine Narbe auf der Stirne, die er sich in Lissabon bei einer tollkühnen Parade geholt hatte. Und er sprach von fernen Ländern, in denen er sein Heiligtum hütete, von Afrika, wo die Beduinen mit dem Gewehr im Publikum sitzen, und von der schönen Insel Malta, wo das Spielfeld leider aus Stein besteht –

Und während der Tormann erzählte, schlief der kleine W ein. Mit einem seligen Lächeln, still und friedlich. – – –

Das Begräbnis fand an einem Mittwoch statt, nachmittags um halbzwei. Die Märzsonne schien, Ostern war nicht mehr weit.

Wir standen um das offene Grab. Der Sarg lag schon drunten.

Der Direktor war anwesend mit fast allen Kollegen, nur der Physiker fehlte, ein Sonderling. Der Pfarrer hielt die Grabrede, die Eltern und einige Verwandte verharrten regungslos. Und im Halbkreis uns gegenüber standen die Mitschüler des Verstorbenen, die ganze Klasse, alle fünfundzwanzig.

Neben dem Grab lagen die Blumen. Ein schöner Kranz trug auf einer gelb-grünen Schleife die Worte: »Letzte Grüsse Dein Tormann.«

Und während der Pfarrer von der Blume sprach, die blüht und bricht, entdeckte ich den N.

Er stand hinter dem L, H und F.

Ich beobachtete ihn. Nichts rührte sich in seinem Gesicht. Jetzt sah er mich an.

Er ist Dein Todfeind, fühlte ich. Er hält Dich für einen Verderber. Wehe, wenn er älter wird! Dann wird er alles zerstören, selbst die Ruinen Deiner Erinnerung.

Er wünscht Dir, Du lägest jetzt da drunten. Und er wird auch Dein Grab vernichten, damit es niemand erfährt, dass Du gelebt hast.

Du darfst es Dir nicht anmerken lassen, dass Du weisst, was er denkt, ging es mir plötzlich durch den Sinn. Behalt sie für Dich, Deine bescheidenen Ideale, es werden auch nach einem N noch welche kommen, andere Generationen – glaub nur ja nicht, Freund N, dass Du meine Ideale überleben wirst! Mich vielleicht.

Und wie ich so dachte, spürte ich, dass mich ausser dem N noch einer anstarrt. Es war der T.

Er lächelte leise, überlegen und spöttisch.

Hat er meine Gedanken erraten?

Er lächelt noch immer, seltsam starr.

Zwei helle runde Augen schauen mich an. Ohne Schimmer, ohne Glanz.

Ein Fisch?

Der totale Krieg

Vor drei Jahren erliess die Aufsichtsbehörde eine Verordnung, durch welche sie die üblichen Osterferien in gewisser Hinsicht aufhob. Es erging nämlich die Weisung an alle

Mittelschulen, anschliessend an das Osterfest die Zeltlager zu beziehen. Unter »Zeltlager« verstand man eine vormilitärische Ausbildung. Die Schüler mussten klassenweise auf zehn Tage in die sogenannte freie Natur hinaus und dort, wie die Soldaten, in Zelten kampieren, unter Aufsicht des Klassenvorstands. Sie wurden von Unteroffizieren im Ruhestand ausgebildet, mussten exerzieren, marschieren und vom vierzehnten Lebensjahre ab auch schiessen. Natürlich waren die Schüler begeistert dabei, und wir Lehrer freuten uns auch, denn auch wir spielen gerne Indianer.

Am Osterdienstag konnten also die Bewohner eines abgelegenen Dorfes einen mächtigen Autobus anrollen sehen. Der Chauffeur hupte, als käme die Feuerwehr, Gänse und Hühner flohen entsetzt, die Hunde bellten und alles lief zusammen. »Die Buben sind da! Die Buben aus der Stadt!« Wir sind um acht Uhr früh vor unserem Gymnasium abgefahren, und jetzt war es halbdrei, als wir vor dem Gemeindeamte hielten.

Der Bürgermeister begrüsst uns, der Gendarmerieinspektor salutiert. Der Lehrer des Dorfes ist natürlich am Platz, und dort eilt auch schon der Pfarrer herbei, er hat sich verspätet, ein runder freundlicher Herr.

Der Bürgermeister zeigt mir auf der Landkarte, wo sich unser Zeltlager befindet. Eine gute Stunde weit, wenn man gemütlich geht. »Der Feldwebel ist bereits dort«, sagt der Inspektor, »zwei Pioniere haben auf einem Pionierwagen die Zeltbahnen hinaufgeschafft, schon in aller Herrgottsfrüh!«

Während die Jungen aussteigen und ihr Gepäck zusammenklauben, betrachte ich noch die Landkarte: das Dorf liegt 761 Meter hoch über dem fernen Meere, wir sind schon sehr in der Nähe der grossen Berge, lauter Zweitausender. Aber hinter denen stehen erst die ganz hohen und dunklen mit dem ewigen Schnee.

»Was ist das?« frage ich den Bürgermeister und deute auf einen Gebäudekomplex auf der Karte, am westlichen Rande des Dorfes. »Das ist unsere Fabrik«, sagt der Bürgermeister, »das grösste Sägewerk im Bezirk, aber leider wurde es voriges Jahr stillgelegt. Aus Rentabilitätsgründen« – fügt er noch hinzu und lächelt. »Jetzt haben wir viele Arbeitslose, es ist eine Not.«

Der Lehrer mischt sich ins Gespräch und setzt es mir auseinander, dass das Sägewerk einem Konzern gehört, und ich merke, dass er mit den Aktionären und Aufsichtsräten nicht sympathisiert. Ich auch nicht. Das Dorf sei arm, erklärt er mir weiter, die Hälfte lebe von Heimarbeit mit einem empörenden Schundlohn, ein Drittel der Kinder sei unterernährt – »Jaja«, lächelt der Gendarmerieinspektor, »und das alles in der schönen Natur!«

Bevor wir zum Zeltlager aufbrechen, zieht mich noch der Pfarrer beiseite und spricht: »Hörens mal, verehrter Herr Lehrer, ich möchte Sie nur auf eine Kleinigkeit aufmerksam machen: anderthalb Stunden von Ihrem Lagerplatz befindet sich ein Schloss, der Staat hats erworben, und jetzt sind dort Mädchen einquartiert, auch so ungefähr im Alter Ihrer Buben da. Und die Mädchen laufen auch den ganzen Tag und die halbe Nacht umher, passens ein bisschen auf, dass mir keine Klagen kommen« – er lächelt.

»Ich werde aufpassen.«

»Nichts für ungut«, meint er, »aber wenn man fünfunddreissig Jahre im Beichtstuhl verbracht hat, wird man skeptisch bei anderthalb Stund Entfernung.« Er lacht. »Kommens mal zu mir, Herr Lehrer, ich hab einen prima neuen Wein bekommen!« –

Um drei Uhr marschieren wir ab. Zuerst durch eine Schlucht, dann rechts einen Hang empor. In Serpentinen. Wir sehen ins Tal zurück. Es riecht nach Harz, der Wald ist lang. Endlich wird es lichter: vor uns liegt die Wiese, unser Platz. Wir kamen den Bergen immer näher.

Der Feldwebel und die beiden Pioniere sitzen auf Zeltbahnen und spielen Karten. Als sie uns kommen sehen, stehen sie rasch auf, und der Feldwebel stellt sich mir militärisch vor. Ein ungefähr fünfzigjähriger Mann in der Reserve. Er trägt eine einfache Brille, sicher kein unrechter Mensch.

Nun gehts an die Arbeit. Der Feldwebel und die Pioniere zeigen den Jungen, wie man Zelte baut, auch ich baue mit. In der Mitte des Lagers lassen wir ein Viereck frei, dort hissen wir unsere Fahne. Nach drei Stunden steht die Stadt. Die Pioniere salutieren und steigen ins Dorf hinab.

Neben der Fahnenstange liegt eine grosse Kiste: dort sind die Gewehre drin. Die Schiessscheiben werden aufgestellt: hölzerne Soldaten in einer fremden Uniform.

Der Abend kommt, wir zünden Feuer an und kochen ab. Es schmeckt uns gut und wir singen Soldatenlieder. Der Feldwebel trinkt einen Schnaps und wird heiser.

Jetzt weht der Bergwind.

»Der kommt von den Gletschern«, sagen die Jungen und husten.

Ich denke an den toten W.

Ja, Du warst der Kleinste der Klasse – und der Freundlichste. Ich glaube, du wärest der einzige gewesen, der nichts gegen die Neger geschrieben hätt. Drum musstest Du auch weg. Wo bist Du jetzt?

Hat Dich ein Engel geholt, wie im Märchen?

Flog er mit Dir dorthin, wo all die seligen Fussballer spielen? Wo auch der Tormann ein Engel ist und vor allem der Schiedsrichter, der abpfeift, wenn einer dem Ball nach-fliegt? Denn das ist im Himmel das Abseits. Sitzt Du gut? Natürlich! Dort droben sitzt jeder auf der Tribüne, erste Reihe, Mitte, während die bösen Ordner, die Dich immer hinter dem Tor vertrieben, jetzt hinter lauter Riesen stehen und nicht aufs Spielfeld schauen können. – –

Es wird Nacht.

Wir gehen schlafen. »Morgen beginnt der Ernst!« meint der Feldwebel.

Er schläft mit mir im selben Zelt.

Er schnarcht.

Ich entzünde nochmal meine Taschenlampe, um nach der Uhr zu sehen, und entdecke dabei auf der Zeltwand neben mir einen braunroten Fleck. Was ist das?

Und ich denke, morgen beginnt der Ernst. Ja, der Ernst. In einer Kiste neben der Fahnenstange liegt der Krieg. Ja, der Krieg.

Wir stehen im Feld.

Und ich denke an die beiden Pioniere, an den Feldwebel in der Reserve, der noch kommandieren muss, und an die hölzernen Soldaten, an denen man das Schiessen lernt; der Direktor fällt mir ein, der N und sein Vater, der Herr Bäk-kermeister bei Philippi; und ich denke an das Sägewerk, das nicht mehr sägt, und an die Aktionäre, die trotzdem mehr verdienen, an den Gendarmen, der lächelt, an den Pfarrer, der trinkt, an die Neger, die nicht leben müssen, und an die Heimarbeiter, die nicht leben können, an die Aufsichtsbehörde und an die unterernährten Kinder. Und an die Fische.

Wir stehen alle im Feld. Doch wo ist die Front?
Der Nachtwind weht, der Feldwebel schnarcht.
Was ist das für ein braunroter Fleck?
Blut?

Die marschierende Venus

Die Sonne kommt, wir stehen auf. Wir waschen uns im Bach und kochen Tee. Nach dem Frühstück lässt der Feldwebel die Jungen der Grösse nach in zwei Reihen hintereinander antreten. Sie zählen ab, er teilt sie ein, in Züge und Gruppen. »Heut wird noch nicht geschossen«, sagt er, »heut wird erst ein bisschen exerziert!«

Er kontrolliert scharf, ob die Reihen schnurgerad stehen. Das eine Auge kneift er zu: »Etwas vor, etwas zurück – besonders der Dritte dort hinten, er steht ja einen Kilometer zu weit vorn!« Der Dritte ist der Z. Wie schwer sich der einreihen lässt, wunder ich mich, und plötzlich hör ich die Stimme des N. Er fährt den Z an: »Hierher, Idiot!«

»Nanana!« meint der Feldwebel. »Nur nicht grob werden! Das war mal, dass man die Soldaten beschimpft hat, aber heut gibts keine Beleidigungen mehr, merk Dir das, ja?!«

Der N schweigt. Er wird rot und trifft mich mit einem flüchtigen Blick. Jetzt könnt er Dich aber gleich erwürgen, fühle ich, denn er ist der Blamierte. Es freut mich, aber ich lächle nicht.

»Regiment marsch!« kommandiert der Feldwebel, und dann zieht es davon, das Regiment. Vorne die Grossen, hinten die Kleinen. Bald sind sie im Wald verschwunden.

Zwei blieben mit mir im Lager zurück, ein M und ein B. Sie schälen Kartoffeln und kochen die Suppe. Sie schälen mit stummer Begeisterung.

»Herr Lehrer!« ruft plötzlich der M. »Schauens mal, was dort anmarschiert kommt!« Ich schaue hin: in militärischer Ordnung marschieren etwa zwanzig Mädchen auf uns zu, sie tragen schwere Rucksäcke, und als sie näher kommen, hören wir, dass sie singen. Sie singen Soldatenlieder mit zirpendem Sopran. Der B lacht laut.

Jetzt erblicken sie unser Zeltlager und halten. Die Führerin spricht auf die Mädchen ein und geht dann allein auf uns zu. Es sind zirka zweihundert Meter. Ich geh ihr entgegen.

Wir werden bekannt, sie ist Lehrerin in einer grösseren Provinzstadt, und die Mädchen gehen in ihre Klasse. Jetzt wohnen sie in einem Schloss, es sind also dieselben, vor denen mich der Herr Pfarrer warnte. Ich begleite meine Kollegin zurück, die Mädchen starren mich an, wie Kühe auf der Weide. Nein, der Herr Pfarrer braucht sich keine Sorgen zu machen, denn, alles was recht ist, einladend sehen diese Geschöpfe nicht aus!

Verschwitzt, verschmutzt und ungepflegt bieten sie dem Betrachter keinen erfreulichen Anblick.

Die Lehrerin scheint meine Gedanken zu erraten, sie ist also wenigstens noch in puncto Gedankenlesen ein Weib, und setzt mir folgendes auseinander: »Wir berücksichtigen weder Flitter noch Tand, wir legen mehr Wert auf das Leistungsprinzip als auf das Darbietungsprinzip.«

Ich will mich mit ihr nicht über den Unwert der verschiedenen Prinzipien auseinandersetzen, sage nur: »Aha!« und denke mir, neben diesen armen Tieren ist ja selbst der N noch ein Mensch.

»Wir sind eben Amazonen«, fährt die Lehrerin fort. Aber die Amazonen sind nur eine Sage, doch Ihr seid leider Realität. Lauter missleitete Töchter der Eva!

Julius Caesar fällt mir ein.

Er kann sich für keine rucksacktragende Venus begeistern. Ich auch nicht. –

Bevor sie weitermarschieren, erzählt mir die Lehrerin noch, die Mädchen würden heut vormittag den verschollenen Flieger suchen. Wieso, ist einer abgestürzt? Nein, das »Verschollenen-Flieger-suchen« sei nur ein neues wehrsportliches Spiel für die weibliche Jugend. Ein grosser weisser Karton wird irgendwo im Unterholz versteckt, die Mädchen schwärmen in Schwarmlinie durch das Unterholz und suchen und suchen den Karton. »Es ist für den Fall eines Krieges gedacht«, fügt sie noch erläuternd hinzu, »damit wir gleich eingesetzt werden können, wenn einer abgestürzt ist. Im Hinterland natürlich, denn Weiber kommen ja leider nicht an die Front.«

Leider!

Dann ziehen sie weiter, in militärischer Ordnung. Ich seh ihnen nach: vom vielen Marschieren wurden die kurzen Beine immer kürzer. Und dicker.

Marschiert nur zu, Mütter der Zukunft!

Unkraut

Der Himmel ist zart, die Erde blass. Die Welt ist ein Aquarell mit dem Titel: »April«.

Ich geh um das Lager herum und folge dann einem Feldweg. Was liegt dort hinter dem Hügel?

Der Weg macht eine grosse Krümmung, er weicht dem Unterholz aus. Die Luft ist still, wie die ewige Ruh. Nichts brummt, nichts summt. Die meisten Käfer schlafen noch.

Hinter dem Hügel liegt in einer Mulde ein einsamer Bauernhof. Kein Mensch ist zu sehen. Auch der Hund scheint fortgegangen zu sein. Ich will schon hinabsteigen, da halte ich unwillkürlich, denn plötzlich erblicke ich hinter der Hecke an der schmalen Strasse, die am Hof vorbeiführt, drei Gestalten. Es sind Kinder, die sich verstecken, zwei Buben und ein Mädchen. Die Buben dürften dreizehn Jahre alt sein, das Mädchen vielleicht zwei Jahre älter. Sie sind barfuss. Was treiben sie dort, warum verstecken sie sich? Ich warte. Jetzt erhebt sich der eine Bub und geht auf den Hof zu, plötzlich schrickt er zusammen und verkriecht sich rasch wieder hinter der Hecke. Ich höre einen Wagen rasseln. Ein Holzfuhrwerk mit schweren Pferden fährt langsam vorbei. Als es nicht mehr zu sehen ist, geht der Bub wieder auf den Hof zu, er tritt an die Haustür und klopft. Er muss mit einem Hammer geklopft haben, denke ich, denn es dröhnte so laut. Er lauscht und die beiden anderen auch. Das Mädel hat sich emporgereckt und schaut über die Hecke. Sie ist gross und schlank, geht es mir durch den Sinn. Jetzt klopft der Bub wieder, noch lauter. Da öffnet sich die Haustür und eine alte Bäuerin erscheint, sie geht gebückt auf einen Stock. Sie sieht sich um, als würde sie schnuppern. Der Bub gibt keinen Ton von sich. Plötzlich ruft die Alte: »Wer ist denn da?!« Warum ruft sie, wenn der Bub vor ihr steht? Jetzt schreit sie wieder: »Wer ist denn da?!« Sie geht mit dem Stock tastend an dem Buben vorbei, sie scheint ihn nicht zu sehen – ist sie denn blind? Das Mädel deutet auf die offene Haustür, es sieht aus, als wärs ein Befehl, und der Bub schleicht auf Zehenspitzen ins Haus hinein. Die Alte steht und lauscht. Ja, sie ist blind. Jetzt klirrts im Haus, als wär ein Teller zerbrochen. Die Blinde zuckt furchtbar zusammen und brüllt: »Hilfe! Hilfe!« – da stürzt das Mädel auf sie los und hält ihr den Mund zu, der Bub erscheint in der Haustür mit einem Laib Brot und einer Vase, das Mädel schlägt der Alten den Stock aus der Hand – ich rase hinab. Die Blinde wankt, stolpert und stürzt, die drei Kinder sind verschwunden.

Ich bemühe mich um die Alte, sie wimmert. Ein Bauer eilt herbei, er hat das Geschrei gehört und hilft mir. Wir bringen sie in das Haus, und ich erzähle dem Bauer, was ich beobachtet habe. Er ist nicht sonderlich überrascht: »Jaja, sie haben die Mutter herausgelockt, damit sie durch die offene Tür hinein können, es ist immer dieselbe Bagage, man fasst sie nur nicht. Sie stehlen wie die Raben, eine ganze Räuberbande!«

»Kinder?!«

»Ja«, nickt der Bauer, »auch drüben im Schloss, wo die Mädeln liegen, haben sie schon gestohlen. Erst unlängst die halbe Wäsch. Passens nur auf, dass sie Ihnen im Lager keinen Besuch abstatten!«

»Nein – nein! Wir passen schon auf!«

»Denen trau ich alles zu. Es ist Unkraut und gehört vertilgt!«

Der verschollene Flieger

Ich gehe ins Lager zurück. Die Blinde hat sich beruhigt und war mir dankbar. Wofür? Ist es denn nicht selbstverständlich, dass ich sie nicht auf dem Boden liegen liess? Eine verrohte Gesellschaft, diese Kinder!

Ich halte plötzlich, denn es wird mir ganz seltsam zumute. Ich entrüste mich ja garnicht über diesen Roheitsakt, geschweige denn über das gestohlene Brot, ich verurteile nur. Warum bin ich nur nicht empört? Weil es arme Kinder sind, die nichts zum Fressen haben? Nein, das ist es nicht.

Der Weg macht eine grosse Krümmung, und ich schneide ihn ab. Das darf ich mir ruhig leisten, denn ich habe einen guten Orientierungssinn und werde das Zeltlager finden.

Ich gehe durch das Unterholz. Hier steht das Unkraut und gedeiht. Immer muss ich an das Mädel denken, wie es sich reckt und über die Hecke schaut. Ist sie der Räuberhauptmann? Ihre Augen möchte ich sehen. Nein, ich bin kein Heiliger!

Das Dickicht wird immer schlimmer.

Was liegt denn dort?

Ein weisser Karton. Darauf steht mit roten Buchstaben: »Flugzeug«. Ach, der verschollene Flieger! Sie haben ihn noch nicht gefunden.

Also hier bist Du abgestürzt? War es ein Luftkampf oder ein Abwehrgeschütz? Bist Du ein Bomber gewesen? Jetzt liegst Du da, zerschmettert, verbrannt, verkohlt. Karton, Karton!

Oder lebst Du noch? Bist schwer verwundet und sie finden Dich nicht? Bist ein Feindlicher oder ein Eigener? Wofür stirbst Du jetzt, verschollener Flieger? Karton, Karton!

Und da höre ich eine Stimme: »Niemand kann das ändern« – es ist die Stimme einer Frau. Traurig und warm.

Sie klingt aus dem Dickicht.

Vorsichtig biege ich die Äste zurück.

Dort sitzen zwei Mädchen vom Schloss. Mit den Beinen, kurz und dick. Die eine hält einen Kamm in der Hand, die andere weint.

»Was geht er mich denn an, der verschollene Flieger?« schluchzt sie. »Was soll ich denn da im Wald herumlaufen? Schau, wie meine Beine geschwollen sind, ich möcht nicht mehr marschieren! Von mir aus soll er draufgehen, der verschollene Flieger, ich möcht auch leben! Nein, ich will fort, Annie, fort! Nur nicht mehr im Schloss schlafen, das ist ja ein Zuchthaus! Ich möcht mich waschen und kämmen und bürsten!«

»Sei ruhig«, tröstet sie Annie und kämmt ihr liebevoll das fette Haar aus dem verweinten Gesicht. »Was sollen wir armen Mädchen tun? Auch die Lehrerin hat neulich heimlich geweint. Mama sagt immer, die Männer sind verrückt geworden und machen die Gesetze.«

Ich horche auf. Die Männer?

Jetzt küsst Annie ihre Freundin auf die Stirne, und ich schäme mich. Wie schnell war ich heut mit dem Spott dabei!

Ja, vielleicht hat Annies Mama recht. Die Männer sind verrückt geworden, und die nicht verrückt geworden sind, denen fehlt der Mut, die tobenden Irrsinnigen in die Zwangsjacken zu stecken.

Ja, sie hat recht.

Auch ich bin feig.

Geh heim!

Ich betrete das Lager. Die Kartoffeln sind geschält, die Suppe dampft. Das Regiment ist wieder zu Haus. Die Jungen sind munter, nur der Feldwebel klagt über Kopfschmerzen. Er hat sich etwas überanstrengt, doch will ers nicht zugeben. Plötzlich fragt er: »Für wie alt halten Sie mich, Herr Lehrer?« »Zirka fünfzig.« »Dreiundsechzig«, lächelt er geschmeichelt, »ich war sogar im Weltkrieg schon Landsturm.« Ich fürchte, er beginnt, Kriegserlebnisse zu erzählen, aber ich fürchte mich umsonst. »Reden wir lieber nicht vom Krieg«, sagt er, »ich hab drei erwachsene Söhne.« Er betrachtet sinnend die Berge und schluckt das Aspirin. Ein Mensch.

Ich erzähl ihm von der Räuberbande. Er springt auf und lässt die Jungen sofort antreten. Er hält eine Ansprache an sein Regiment: in der Nacht würden Wachen aufgestellt werden, je vier Jungen für je zwei Stunden. Osten, Westen, Süden, Norden, denn das Lager müsste verteidigt werden, Gut mit Blut, bis zum letzten Mann!

Die Jungen schreien begeistert »Hurrah!«

»Komisch«, meint der Feldwebel, »jetzt hab ich keine Kopfschmerzen mehr.« – –

Nach dem Mittagessen steig ich ins Dorf hinab. Ich muss mit dem Bürgermeister verschiedene Fragen ordnen: einige Formalitäten und die Nahrungsmittelzufuhr, denn ohne zu essen kann man nicht exerzieren.

Beim Bürgermeister treffe ich den Pfarrer, und er lässt nicht locker, ich muss zu ihm mit seinen neuen prima Wein probieren. Ich trinke gern, und der Pfarrer ist ein gemütlicher Herr.

Wir gehen durchs Dorf, und die Bauern grüssen den Pfarrer. Er führt mich den kürzesten Weg zum Pfarrhaus. Jetzt biegen wir in eine Seitenstrasse. Hier hören die Bauern auf. »Hier wohnen die Heimarbeiter«, sagt der Pfarrer und blickt zum Himmel empor.

Die grauen Häuser stehen dicht beieinander. An den offenen Fenstern sitzen lauter Kinder mit weissen alten Gesichtern und bemalen bunte Puppen. Hinter ihnen ist es schwarz. »Sie sparen das Licht«, sagt der Pfarrer und fügt noch hinzu: »Sie grüssen mich nicht, sie sind verhetzt.« Er beginnt plötzlich schneller zu gehen. Ich gehe gerne mit.

Die Kinder sehen mich gross an, seltsam starr. Nein, das sind keine Fische, das ist kein Hohn, das ist Hass. Und hinter dem Hass sitzt die Trauer in den finsteren Zimmern. Sie sparen das Licht, denn sie haben kein Licht.

Das Pfarrhaus liegt neben der Kirche. Die Kirche ist ein strenger Bau, das Pfarrhaus liegt gemächlich da. Um die Kirche herum liegt der Friedhof, um das Pfarrhaus herum ein Garten. Im Kirchturm läuten die Glocken, aus dem Rauchfang des Pfarrhauses steigt blauer Dunst. Im Garten des Todes blühen die weissen Blumen, im Garten des Pfarrers wächst das Gemüse. Dort stehen Kreuze, hier steht ein Gartenzwerg. Und ein ruhendes Reh. Und ein Pilz.

Im Pfarrhaus drinnen ist Sauberkeit. Kein Stäubchen fliegt durch die Luft. Im Friedhof daneben wird alles zu Staub.

Der Pfarrer führt mich in sein schönstes Zimmer. »Nehmen Sie Platz, ich hole den Wein!«

Er geht in den Keller, ich bleibe allein.

Ich setze mich nicht.

An der Wand hängt ein Bild.

Ich kenne es.

Es hängt auch bei meinen Eltern.

Sie sind sehr fromm.

Es war im Krieg, da habe ich Gott verlassen. Es war zuviel verlangt von einem Kerl in den Flegeljahren, dass er begreift, dass Gott einen Weltkrieg zulässt.

Ich betrachte noch immer das Bild.

Gott hängt am Kreuz. Er ist gestorben. Maria weint und Johannes tröstet sie. Den schwarzen Himmel durchzuckt ein Blitz. Und rechts im Vordergrunde steht ein Krieger, in Helm und Panzer, der römische Hauptmann.

Und wie ich das Bild so betrachte, bekomme ich Sehnsucht nach meinem Vaterhaus.

Ich möchte wieder klein sein.

Aus dem Fenster schauen, wenn es stürmt.

Wenn die Wolken niedrig hängen, wenn es donnert, wenn es hagelt.

Wenn der Tag dunkel wird.

Und es fällt mir meine erste Liebe ein. Ich möcht sie nicht wiedersehen.

Geh heim!

Und es fällt mir die Bank ein, auf der ich sass und überlegte: was willst Du werden? Lehrer oder Arzt?

Lieber als Arzt wollte ich Lehrer werden. Lieber als Kranke heilen, wollte ich Gesunden etwas mitgeben, einen winzigen Stein für den Bau einer schöneren Zukunft.

Die Wolken ziehen, jetzt kommt der Schnee.

Geh heim!

Heim, wo Du geboren wurdest. Was suchst Du noch auf der Welt?

Mein Beruf freut mich nicht mehr.

Geh heim!

Auf der Suche
nach den Idealen der Menschheit

Der Wein des Pfarrers schmeckt nach Sonne. Aber der Kuchen nach Weihrauch. Wir sitzen in der Ecke.

Er hat mir sein Haus gezeigt.

Seine Köchin ist fett. Sicher kocht sie gut.

»Ich esse nicht viel«, sagt plötzlich der Pfarrer.

Hat er meine Gedanken erraten?

»Ich trinke aber umsomehr«, sagt er und lacht.

Ich kann nicht recht lachen. Der Wein schmeckt und schmeckt doch nicht. Ich rede und stocke, immer wieder befangen. Warum nur?

»Ich weiss, was Sie beschäftigt«, meint der Pfarrer, »Sie denken an die Kinder, die in den Fenstern sitzen und die Puppen bemalen und mich nicht grüssen.«

Ja, an die Kinder denke ich auch.

»Es überrascht Sie, wie mir scheint, dass ich Ihre Gedanken errate, aber das fällt mir nicht schwer, denn der Herr Lehrer hier im Dorfe sieht nämlich auch überall nur jene Kinder. Wir debattieren, wo wir uns treffen. Mit mir kann man nämlich ruhig reden, ich gehöre nicht zu jenen Priestern, die nicht hinhören oder böse werden, ich halte es mit dem heiligen Ignatius, der sagt: Ich gehe mit jedem Menschen durch seine Tür hinein, um ihn bei meiner Tür hinauszuführen.«

Ich lächle ein wenig und schweige.

Er trinkt sein Glas aus.

Ich schau ihn abwartend an. Noch kenne ich mich nicht aus.

»Die Ursache der Not«, fährt er fort, »besteht nicht darin, dass mir der Wein schmeckt, sondern darin, dass das Sägewerk nicht mehr sägt. Unser Lehrer hier ist der Meinung, dass wir durch die überhastete Entwicklung der Technik andere Produktionsverhältnisse brauchen und eine ganz neuartige Kontrolle des Besitzes. Er hat recht. Warum schauen Sie mich so überrascht an?«

»Darf man offen reden?«

»Nur!«

»Ich denke, dass die Kirche immer auf der Seite der Reichen steht.«

»Das stimmt. Weil sie muss.«

»Muss?«

»Kennen Sie einen Staat, in dem nicht die Reichen regieren? ›Reichsein‹ ist doch nicht nur identisch mit ›Geldhaben‹ – und wenn es keine Sägewerksaktionäre mehr geben wird, dann werden eben andere Reiche regieren, man braucht keine Aktien, um reich zu sein. Es wird immer Werte geben, von denen einige Leute mehr haben werden als alle übrigen zusammen. Mehr Sterne am Kragen, mehr Streifen am Ärmel, mehr Orden auf der Brust, sichtbar oder unsichtbar, denn arm und reich wird es immer geben, genau wie dumm und gescheit. Und der Kirche, Herr Lehrer, ist leider nicht die Macht gegeben, zu bestimmen, wie ein Staat regiert werden soll. Es ist aber ihre Pflicht, immer auf seiten des Staates zu stehen, der leider immer nur von den Reichen regiert werden wird.«

»Ihre Pflicht?«

»Da der Mensch von Natur aus ein geselliges Wesen ist, ist er auf eine Verbindung in Familie, Gemeinde und Staat angewiesen. Der Staat ist eine rein menschliche Einrichtung, der nur den einen Zweck haben soll, die irdische Glückseligkeit nach Möglichkeit herzustellen. Er ist naturnotwendig, also gottgewollt, der Gehorsam ihm gegenüber Gewissenspflicht.«

»Sie wollen doch nicht behaupten, dass zum Beispiel der heutige Staat nach Möglichkeit irdische Glückseligkeiten herstellt?«

»Das behaupte ich keineswegs, denn die ganze menschliche Gesellschaft ist aufgebaut auf Eigenliebe, Heuchelei und roher Gewalt. Wie sagt Pascal? ›Wir begehren die Wahrheit und finden in uns nur Ungewissheit. Wir suchen das Glück und finden nur Elend und Tod.‹ Sie wundern sich, dass ein einfacher Bauernpfarrer Pascal zitiert – nun, Sie müssen sich nicht wundern, denn ich bin kein einfacher Bauernpfarrer, ich wurde nur für einige Zeit hierher versetzt. Wie man so zu sagen pflegt, gewissermassen strafversetzt« – er lächelt: »Jaja, nur selten wird einer heilig, der niemals unheilig, nur selten einer weise, der nie dumm gewesen ist! Und ohne die kleinen Dummheiten des Lebens wären wir ja alle nicht auf der Welt.«

Er lacht leise, aber ich lache nicht mit.

Er leert wieder sein Glas.

Ich frage plötzlich: »Wenn also die staatliche Ordnung gottgewollt –«

»Falsch!« unterbricht er mich. »Nicht die staatliche Ordnung, sondern der Staat ist naturnotwendig, also gottgewollt.«

»Das ist doch dasselbe!«

»Nein, das ist nicht dasselbe. Gott schuf die Natur, also ist gottgewollt, was naturnotwendig ist. Aber die Konsequenzen der Erschaffung der Natur, das heisst in diesem

Falle: die Ordnung des Staates, ist ein Produkt des freien menschlichen Willens. Also ist nur der Staat gottgewollt, nicht aber die staatliche Ordnung.«

»Und wenn ein Staat zerfällt?«

»Ein Staat zerfällt nie, es löst sich höchstens seine gesellschaftliche Struktur auf, um einer anderen Platz zu machen. Der Staat selbst bleibt immer bestehen, auch wenn das Volk, das ihn bildet, stirbt. Denn dann kommt ein anderes.«

»Also ist der Zusammenbruch einer staatlichen Ordnung nicht naturnotwendig?«

Er lächelt: »Manchmal ist so ein Zusammenbruch sogar gottgewollt.«

»Warum nimmt also die Kirche, wenn die gesellschaftliche Struktur eines Staates zusammenbricht, immer die Partei der Reichen? Also in unserer Zeit: warum stellt sich die Kirche immer auf die Seite der Sägewerksaktionäre und nicht auf die Seite der Kinder in den Fenstern?«

»Weil die Reichen immer siegen.«

Ich kann mich nicht beherrschen: »Eine feine Moral!«

Er bleibt ganz ruhig: »Richtig zu denken, ist das Prinzip der Moral.« Er leert wieder sein Glas. »Ja, die Reichen werden immer siegen, weil sie die brutaleren, niederträchtigeren, gewissenloseren sind. Es steht doch schon in der Schrift, dass eher ein Kamel durch das Nadelöhr geht, denn dass ein Reicher in den Himmel kommt.«

»Und die Kirche? Wird die durch das Nadelöhr kommen?«

»Nein«, sagt er und lächelt wieder, »das wäre allerdings nicht gut möglich. Denn die Kirche ist ja das Nadelöhr.«

Dieser Pfaffe ist verteufelt gescheit, denke ich mir, aber er hat nicht recht. Er hat nicht recht! Und ich sage: »Die

Kirche dient also den Reichen und denkt nicht daran, für die Armen zu kämpfen –«

»Sie kämpft auch für die Armen«, fällt er mir ins Wort, »aber an einer anderen Front.«

»An einer himmlischen, was?«

»Auch dort kann man fallen.«

»Wer?«

»Jesus Christus.«

»Aber das war doch der Gott! Und was kam dann?«

Er schenkt mir ein und blickt nachdenklich vor sich hin. »Es ist gut«, meint er leise, »dass es der Kirche heutzutag in vielen Ländern nicht gut geht. Gut für die Kirche.«

»Möglich«, antworte ich kurz und merke, dass ich aufgeregt bin. »Doch kommen wir wieder auf jene Kinder in den Fenstern zurück! Sie sagten, als wir durch die Gasse gingen: >Sie grüssen mich nicht, sie sind verhetzt.< Sie sind doch ein gescheiter Mensch, Sie müssen es doch wissen, dass jene Kinder nicht verhetzt sind, sondern dass sie nichts zum Fressen haben!«

Er sieht mich gross an.

»Ich meinte, sie seien verhetzt«, sagt er langsam, »weil sie nicht mehr an Gott glauben.«

»Wie können Sie das von ihnen verlangen!«

»Gott geht durch alle Gassen.«

»Wie kann Gott durch jene Gasse gehen, die Kinder sehen und ihnen nicht helfen?!«

Er schweigt. Er trinkt bedächtig seinen Wein aus. Dann sieht er mich wieder gross an: »Gott ist das Schrecklichste auf der Welt.«

Ich starre ihn an. Hatte ich richtig gehört? Das Schrecklichste?!

Er erhebt sich, tritt an das Fenster und schaut auf den Friedhof hinaus. »Er straft«, höre ich seine Stimme.

Was ist das für ein erbärmlicher Gott, denke ich mir, der die armen Kinder straft!

Jetzt geht der Pfarrer auf und ab.

»Man darf Gott nicht vergessen«, sagt er, »auch wenn wir es nicht wissen, wofür er uns straft. Wenn wir nur niemals einen freien Willen gehabt hätten!«

»Ach Sie meinen die Erbsünde!«

»Ja.«

»Ich glaube nicht daran.«

Er hält vor mir.

»Dann glauben Sie auch nicht an Gott.«

»Richtig. Ich glaube nicht an Gott.« – –

»Hören Sie«, breche ich plötzlich das Schweigen, denn nun muss ich reden, »ich unterrichte Geschichte und weiss es doch, dass es auch vor Christi Geburt eine Welt gegeben hat, die antike Welt, Hellas, eine Welt ohne Erbsünde –«

»Ich glaube, Ihr irrt Euch«, fällt er mir ins Wort und tritt an sein Bücherregal. Er blättert in einem Buch. »Da Sie Geschichte unterrichten, muss ich Ihnen wohl nicht erzählen, wer der erste griechische Philosoph war, ich meine: der älteste.«

»Thales von Milet.«

»Ja. Aber seine Gestalt ist noch halb in der Sage, wir wissen nichts Bestimmtes von ihm. Das erste schriftlich erhaltene Dokument der griechischen Philosophie, das wir kennen, stammt von Anaximander, ebenfalls aus der Stadt Milet – geboren 610, gestorben 547 vor Christi Geburt. Es ist nur ein Satz.«

Er geht ans Fenster, denn es beginnt bereits zu dämmern, und liest:

»Woraus die Dinge entstanden sind, darein müssen sie auch wieder vergehen nach dem Schicksal; denn sie müssen Busse und Strafe zahlen für die Schuld ihres Daseins nach der Ordnung der Zeit.«

Der römische Hauptmann

Vier Tage sind wir nun im Lager. Gestern erklärte der Feldwebel den Jungen den Mechanismus des Gewehres, wie man es pflegt und putzt. Heut putzen sie den ganzen Tag, morgen werden sie schiessen. Die hölzernen Soldaten warten bereits darauf, getroffen zu werden.

Die Jungen fühlen sich überaus wohl, der Feldwebel weniger. Er ist in diesen vier Tagen zehn Jahre älter geworden. In weiteren vier wird er älter aussehen, als er ist. Ausserdem hat er sich den Fuss übertreten und wahrscheinlich eine Sehne verzerrt, denn er hinkt.

Doch er verbeisst seine Schmerzen. Nur mir erzählte er gestern vor dem Einschlafen, er würde schon ganz gerne wieder Kegelschieben, Kartenspielen, in einem richtigen Bett liegen, eine stramme Kellnerin hinten hineinzwicken, kurz: zu Hause sein. Dann schlief er ein und schnarchte.

Er träumte, er wäre ein General und hätt eine Schlacht gewonnen. Der Kaiser hätt alle seine Orden ausgezogen und selbe ihm an die Brust geheftet. Und an den Rücken. Und die Kaiserin hätt ihm die Füss geküsst.

»Was hat das zu bedeuten?« fragte er mich in aller Früh. »Wahrscheinlich ein Wunschtraum«, sagte ich. Er sagte, er hätte es sich noch nie in seinem Leben gewünscht, dass ihm eine Kaiserin die Füss küsst. »Ich werds mal meiner Frau schreiben«, meinte er nachdenklich, »die hat ein Traumbuch. Sie soll mal nachschauen, was General, Kaiser, Orden, Schlacht, Brust und Rücken bedeuten.«

Während er vor unserem Zelte schrieb, erschien aufgeregt ein Junge, und zwar der L.

»Was gibts?«

»Ich bin bestohlen worden!«

»Bestohlen?!«

»Man hat mir meinen Apparat gestohlen, Herr Lehrer, meinen photographischen Apparat!«

Er war ganz ausser sich.

Der Feldwebel sah mich an. Was tun? lag in seinem Blick. »Antreten lassen«, sagte ich, denn mir fiel auch nichts besseres ein. Der Feldwebel nickte befriedigt, humpelte auf den freien Platz, wo die Fahne wehte, und brüllte wie ein alter Hirsch: »Regiment antreten!«

Ich wandte mich an den L:

»Hast Du einen Verdacht?«

»Nein.«

Das Regiment war angetreten. Ich verhörte sie, keiner konnte etwas sagen. Ich ging mit dem Feldwebel in das Zelt, wo der L. schlief. Sein Schlafsack lag gleich neben dem Eingang links. Wir fanden nichts.

»Ich halte es für ausgeschlossen«, sagte ich zum Feldwebel, »dass einer der Jungen der Dieb ist, denn sonst wären ja auch mal im Schuljahr Diebstähle vorgekommen. Ich glaube eher, dass die aufgestellten Wachen nicht richtig

ihre Pflicht erfüllten, so dass die Räuberbande sich herein-
schleichen konnte.«

Der Feldwebel gab mir recht, und wir beschlossen, in der
folgenden Nacht die Wachen zu kontrollieren. Aber wie?

Ungefähr hundert Meter vom Lager entfernt stand ein
Heuschober. Dort wollten wir übernachten und von dort
aus die Wachen kontrollieren. Der Feldwebel von neun bis
eins und ich von eins bis sechs.

Nach dem Nachtmahl schlichen wir uns heimlich aus dem
Lager. Keiner der Jungen bemerkte uns. Ich machte es mir
im Heu bequem. –

Um ein Uhr nachts weckt mich der Feldwebel.

»Bis jetzt ist alles in Ordnung«, meldet er mir. Ich
klettere aus dem Heu und postiere mich im Schatten der
Hütte. Im Schatten? Ja, denn es ist eine Vollmondnacht.

Eine herrliche Nacht.

Ich sehe das Lager und erkenne die Wachen. Jetzt werden sie abgelöst.

Sie stehen oder gehen ein paar Schritte hin und her.

Osten, Westen, Norden, Süden – auf jeder Seite einer.
Sie bewachen ihre photographischen Apparate.

Und wie ich so sitze, fällt mir das Bild ein, das beim
Pfarrer hängt und auch bei meinen Eltern.

Die Stunden gehen.

Ich unterrichte Geschichte und Geographie.

Ich muss die Gestalt der Erde erklären und ihre Geschichte deuten.

Die Erde ist noch rund, aber die Geschichten sind vier-
eckig geworden.

Jetzt sitz ich da und darf nicht rauchen, denn ich überwa-
che die Wache.

Es ist wahr: mein Beruf freut mich nicht mehr.

Warum fiel mir nur jenes Bild wieder ein?

Wegen des Gekreuzigten? Nein.

Wegen seiner Mutter – nein. Plötzlich wirds mir klar: wegen des Kriegers in Helm und Panzer, wegen des römischen Hauptmanns.

Was ist denn nur mit dem?

Er leitete die Hinrichtung eines Juden. Und als der Jude starb, sagte er: »Wahrlich, so stirbt kein Mensch!«

Er hat also Gott erkannt.

Aber was tat er? Was zog er für Konsequenzen?

Er blieb ruhig unter dem Kreuze stehen.

Ein Blitz durchzuckte die Nacht, der Vorhang im Tempel riss, die Erde bebte – er blieb stehen.

Er erkannte den neuen Gott, als der am Kreuze starb, und wusste nun, dass seine Welt zum Tode verurteilt war.

Und?

Ist er etwa in einem Krieg gefallen? Hat er es gewusst, dass er für nichts fällt?

Freute ihn noch sein Beruf?

Oder ist er etwa alt geworden? Wurde er pensioniert?

Lebte er in Rom oder irgendwo an der Grenze, wo es billiger war?

Vielleicht hatte er dort ein Häuschen. Mit einem Gartenzwerg. Und am Morgen erzählte ihm seine Köchin, dass gestern jenseits der Grenze wieder neue Barbaren aufgetaucht sind. Die Lucia vom Herrn Major hat sie mit eigenen Augen gesehen.

Neue Barbaren, neue Völker.

Sie rüsten, sie rüsten. Sie warten.

Und der römische Hauptmann wusste es, die Barbaren

werden alles zertrümmern. Aber es rührte ihn nicht. Für ihn war bereits alles zertrümmert.

Er lebte still als Pensionist, er hatte es durchschaut.

Das grosse römische Reich.

Der Dreck

Der Mond hängt nun direkt über den Zelten.

Es muss zirka zwei Uhr sein. Und ich denke, jetzt sind die Cafés noch voll.

Was macht jetzt wohl Julius Caesar?

Er wird seinen Totenkopf illuminieren, bis ihn der Teufel holt!

Komisch: ich glaube an den Teufel, aber nicht an den lieben Gott.

Wirklich nicht?

Ich weiss es nicht. Doch, ich weiss es! Ich will nicht an ihn glauben! Nein, ich will nicht!

Es ist mein freier Wille.

Und die einzige Freiheit, die mir verblieb: glauben oder nicht glauben zu dürfen.

Aber offiziell natürlich so zu tun, als ob.

Je nachdem: einmal ja, einmal nein.

Was sagte der Pfaffe?

»Der Beruf des Priesters besteht darin, den Menschen auf den Tod vorzubereiten, denn wenn der Mensch keine Angst vor dem Sterben mehr hat, wird ihm das Leben leichter.«

Satt wird er nicht davon!

»Aus diesem Leben des Elends und der Widersprüche«, sagte der Pfaffe, »rettet uns einzig und allein die göttliche Gnade und der Glaube an die Offenbarung.«

Ausreden!

»Wir werden gestraft und wissen nicht, wofür.«

Frag die Regierenden!

Und was sagte der Pfaffe noch?

»Gott ist das Schrecklichste auf der Welt.«

Stimmt! – –

Lieblich waren die Gedanken, die mein Herz durchzogen. Sie kamen aus dem Kopf, kostümierten sich mit Gefühl, tanzten und berührten sich kaum.

Ein vornehmer Ball. Exklusive Kreise. Gesellschaft!

Im Mondlicht drehten sich die Paare.

Die Feigheit mit der Tugend, die Lüge mit der Gerechtigkeit, die Erbärmlichkeit mit der Kraft, die Tücke mit dem Mut.

Nur die Vernunft tanzte nicht mit.

Sie hatte sich besoffen, hatte nun einen Moralischen und schluchzte in einer Tour: »Ich bin blöd, ich bin blöd« –

Sie spie alles voll.

Aber man tanzte darüber hinweg.

Ich lausche der Ballmusik.

Sie spielt einen Gassenhauer, betitelt: »Der Einzelne ist Dreck.«

Sortiert nach Sprache, Rasse und Nation, stehen die Haufen nebeneinander und fixieren sich, wer grösser ist.

Sie stinken, dass sich jeder Einzelne die Nase zuhalten muss.

Lauter Dreck! Alles Dreck!

Düngt damit!

Dünget die Erde, damit etwas wächst!
Nicht Blumen, sondern Brot!
Aber betet Euch nicht an!
Nicht den Dreck, den ihr gefressen habt!

Z und N

Fast vergass ich meine Pflicht: vor einem Heuschober zu sitzen, nicht rauchen zu dürfen und die Wache zu kontrollieren.

Ich blicke hinab: dort wachen sie.

Ost und West, Nord und Süd.

Alles in Ordnung.

Doch halt! Dort geht doch was vor sich –

Was denn?

Im Norden. Dort spricht doch der Posten mit jemand. Wer ist denn der Posten?

Es ist der Z.

Mit wem spricht er denn?

Oder ists nur der Schatten einer Tanne?

Nein, das ist kein Schatten, das ist eine Gestalt.

Jetzt scheint der Mond auf sie: es ist ein Junge. Ein fremder Junge.

Was ist dort los?

Der Fremde scheint ihm etwas zu geben, dann ist er verschwunden.

Der Z rührt sich kurze Zeit nicht, ganz regungslos steht er da.

Lauscht er?

Er sieht sich vorsichtig um und zieht dann einen Brief aus der Tasche.

Ach, er hat einen Brief bekommen!

Er erbricht ihn rasch und liest ihn im Mondenschein.

Er steckt ihn gleich wieder ein.

Wer schreibt dem Z? – –

Der Morgen kommt, und der Feldwebel erkundigt sich, ob ich etwas Verdächtiges wahrgenommen hätte. Ich sage, ich hätte garnichts wahrgenommen und die Wachen hätten ihre Pflicht erfüllt.

Ich schweige von dem Brief, denn ich weiss es ja noch nicht, ob dieser Brief mit dem gestohlenen Photoapparat irgendwie zusammenhängt. Das muss sich noch klären und bis es nicht bewiesen wurde, will ich den Z in keinen Verdacht bringen.

Wenn man nur den Brief lesen könnte!

Als wir das Lager betreten, empfangen uns die Jungen erstaunt. Wann wir denn das Lager verlassen hätten? »Mitten in der Nacht«, lügt der Feldwebel, »und zwar ganz aufrecht, aber von Eueren Wachen hat uns keiner gehen sehen, Ihr müsst schärfer aufpassen, denn bei einer solchen miserablen Bewachung tragens uns ja noch das ganze Lager weg, die Gewehre, die Fahne und alles, wofür wir da sind!«

Dann lässt er sein Regiment antreten und fragt, ob einer etwas Verdächtiges wahrgenommen hätte.

Keiner meldet sich.

Ich beobachte den Z.

Er steht regungslos da.

Was steht nur in dem Brief?

Jetzt hat er ihn in der Tasche, aber ich werde ihn lesen, ich muss ihn lesen.

Soll ich ihn direkt fragen? Das hätte keinen Sinn. Er würde es glatt ableugnen, würde den Brief dann zerreissen, verbrennen und ich könnt ihn nimmer lesen.

Vielleicht hat er ihn sogar schon vernichtet.

Und wer war der fremde Junge? Ein Junge, der um zwei Uhr nachts erscheint, eine Stunde weit weg vom Dorf? Oder wohnt er auf dem Bauernhof bei der blinden Alten? Aber auch dann: immer klarer wird es mir, dass jener zur Räuberbande gehören muss. Zum Unkraut. Ist denn der Z auch Unkraut? Ein Verbrecher?

Ich muss den Brief lesen, muss, muss!

Der Brief wird allmählich zur fixen Idee. Bumm!

Heute schiessen sie zum erstenmal.

Bumm! Bumm! – –

Am Nachmittag kommt der R zu mir.

»Herr Lehrer«, sagt er, »ich bitte sehr, ich möchte in einem anderen Zelte schlafen. Die beiden, mit denen ich zusammen bin, raufen sich in einem fort, man kann kaum schlafen!«

»Wer sind denn die beiden?«

»Der N und der Z.«

»Der Z?«

»Ja. Aber anfangen tut immer der N!«

»Schick mir mal die beiden her!«

Er geht, und der N kommt.

»Warum raufst Du immer mit dem Z?«

»Weil er mich nicht schlafen lässt. Immer weckt er mich auf. Er zündet oft mitten in der Nacht die Kerze an.«

»Warum?«

»Weil er seinen Blödsinn schreibt.«

»Er schreibt?«

»Ja.«

»Was schreibt er denn? Briefe?«

»Nein. Er schreibt sein Tagebuch.«

»Tagebuch?«

»Ja. Er ist blöd.«

»Deshalb muss man noch nicht blöd sein.«

Es trifft mich ein vernichtender Blick.

»Das Tagebuchschreiben ist der typische Ausdruck der typischen Überschätzung des eigenen Ichs«, sagt er.

»Kann schon stimmen«, antworte ich vorsichtig, denn ich kann mich momentan nicht erinnern, ob das Radio diesen Blödsinn nicht schon mal verkündet hat.

»Der Z hat sich extra ein Kästchen mitgenommen, dort sperrt er sein Tagebuch ein.«

»Schick mir mal den Z her!«

Der N geht, der Z kommt.

»Warum raufst Du immer mit dem N?«

»Weil er ein Plebejer ist.«

Ich stutze und muss an die reichen Plebejer denken.

»Ja«, sagt der Z, »er kann es nämlich nicht vertragen, dass man über sich nachdenkt. Da wird er wild. Ich führe nämlich ein Tagebuch und das liegt in einem Kästchen, neulich hat er es zertrümmern wollen, drum versteck ichs jetzt immer. Am Tag im Schlafsack, in der Nacht halt ichs in der Hand.«

Ich sehe ihn an.

Und frage ihn langsam: »Und wo ist das Tagebuch, wenn Du auf Wache stehst?«

Nichts rührt sich in seinem Gesicht.

»Wieder im Schlafsack«, antwortet er.

»Und in dieses Buch schreibst Du alles hinein, was Du so erlebst?«

»Ja.«

»Was Du hörst, siehst? Alles?«

Er wird rot.

»Ja«, sagt er leise.

Soll ich ihn jetzt fragen, wer ihm den Brief schrieb und was in dem Briefe steht? Nein. Denn es steht bei mir bereits fest, dass ich das Tagebuch lesen werde.

Er geht, und ich schau ihm nach.

Er denkt über sich nach, hat er gesagt.

Ich werde seine Gedanken lesen. Das Tagebuch des Z.

Adam und Eva

Kurz nach vier marschierte das Regiment wieder ab. Sogar das »Küchenpersonal« musste diesmal mit, denn der Feldwebel wollte es allen erklären, wie man sich in die Erde gräbt und wo die Erde am geeignetsten für Schützengräben und Unterstände ist. Seit er humpelt, erklärt er lieber.

Es blieb also niemand im Lager, nur ich.

Sobald das Regiment im Walde verschwand, betrat ich das Zelt, in welchem der Z mit N und R schlief.

Im Zelte lagen drei Schlafsäcke. Auf dem linken lag ein Brief. Nein, der war es nicht. »Herrn Otto N« stand auf dem Kuvert, »Absender: Frau Elisabeth N« – ach, die Bäckermeistersgattin! Ich konnte nicht widerstehen, was schrieb wohl Mama ihrem Kindchen?

Sie schrieb: »Mein lieber Otto, danke Dir für Deine Postkarte. Es freut mich und Vater sehr, dass Du Dich wohl fühlst. Nur so weiter, pass nur auf Deine Strümpfe auf, damit sie nicht wieder verwechselt werden! Also in zwei Tagen werdet Ihr schon schiessen? Mein Gott, wie die Zeiten vergehen! Vater lässt Dir sagen, Du sollst bei Deinem ersten Schusse an ihn denken, denn er war der beste Schütze seiner Kompanie. Denk Dir nur, Mandi ist gestern gestorben. Vorgestern hüpfte er noch so froh und munter in seinem Käfiglein herum und tirilierte uns zur Freud. Und heut war er hin. Ich weiss nicht, es grassiert eine Kanarikrankheit. Die Beinchen hat der Ärmste von sich gestreckt, ich hab ihn im Herdfeuer verbrannt. Gestern hatten wir einen herrlichen Rehrücken mit Preisselbeeren. Wir dachten an Dich. Hast Du auch gut zum futtern? Vater lässt Dich herzlichst grüssen, Du sollst ihm nur immer weiter Bericht erstatten, ob der Lehrer nicht wieder solche Äusserungen fallenlässt, wie über die Neger. Lass nur nicht locker! Vater bricht ihm das Genick! Es grüsst und küsst Dich, mein lieber Otto, Deine liebe Mutti.«

Im Schlafsack nebenan war nichts versteckt. Hier schlief also der R. Dann muss das Kästchen im dritten liegen. Dort lag es auch.

Es war ein Kästchen aus blauem Blech und hatte ein einfaches Schloss. Es war versperrt. Ich versuchte, das Schloss mit einem Draht zu öffnen.

Es liess sich leicht.

In dem Kästchen lagen Briefe, Postkarten und ein grüngebundenes Buch – »Mein Tagebuch«, stand da in goldenen Lettern. Ich öffnete es. »Weihnachten von Deiner Mutter.« Wer war die Mutter des Z? Mir scheint, eine Beamtenwitwe oder so.

Dann kamen die ersten Eintragungen, etwas von einem Christbaum – ich blätterte weiter, wir sind schon nach Ostern. Zuerst hat er jeden Tag geschrieben, dann nur jeden zweiten, dritten, dann jeden fünften, sechsten – und hier, hier liegt der Brief! Er ist es! Ein zerknülltes Kuvert, ohne Aufschrift, ohne Marke!

Rasch! Was steht nur drin?!

»Kann heute nicht kommen, komme morgen um zwei – Eva.«

Das war alles.

Wer ist Eva?

Ich weiss nur, wer Adam ist.

Adam ist der Z.

Und ich lese das Tagebuch:

»Mittwoch.

Gestern sind wir ins Lager gekommen. Wir sind alle sehr froh. Jetzt ist es abend, bin gestern nicht zum schreiben dazugekommen, weil wir alle sehr müde waren vom Zeltbau. Wir haben auch eine Fahne. Der Feldwebel ist ein alter Tepp, er merkts nicht, wenn wir ihn auslachen. Wir laufen schneller, wie er. Den Lehrer sehen wir gottseidank fast nie. Er kümmert sich auch nicht um uns. Immer geht er mit einem faden Gesicht herum. Der N ist auch ein Tepp. Jetzt schreit er schon das zweitemal, ich soll die Kerze auslöschen, aber ich tus nicht, weil ich sonst überhaupt zu keinem Tagebuch mehr komme und ich möcht doch eine Erinnerung fürs Leben. Heute Nachmittag haben wir einen grossen Marsch getan, bis an die Berge. Auf dem Wege dorthin sind wir bei Felsen vorübergekommen, in denen es viele Höhlen gibt. Auf einmal kommandiert der Feldwebel, wir sollen durch das Dickicht in Schwarmlinie gegen einen markierten Feind vor gehen, der sich auf einem Höhenzug mit schweren Maschinengewehren verschanzt hat. Wir schwärmten aus, sehr weit voneinander, aber das Dickicht wurde immer dicker und plötzlich sah ich keinen mehr rechts und keinen mehr links. Ich hatte mich verirrt und war abgeschnitten. Auf einmal stand ich wieder vor einem Felsen mit einer Höhle, ich glaube, ich bin im Kreis herumgegangen. Plötzlich stand ein Mädchen vor mir. Sie war braunblond und hatte eine rosa Bluse und es wunderte mich, woher und wieso sie überhaupt daherkommt. Sie fragte mich, wer ich wäre. Ich sagte es ihr. Zwei Buben waren noch dabei, beide barfuss und zerrissen. Der eine trug einen Laib Brot in der Hand, der andere eine Vase. Sie sahen mich feindlich an. Das Mädchen sagte ihnen, sie mögen nachhause gehen, sie möcht mir nur den Weg zeigen heraus aus dem Dickicht. Ich war darüber sehr froh und sie begleitete mich. Ich fragte sie, wo sie wohne, und sie sagte, hinter dem Felsen. Aber auf der militärischen Karte, die ich hatte, stand dort kein Haus und überhaupt nirgends in dieser Gegend. Die Karte ist falsch, sagte sie. So kamen wir an den Rand des Dickichts und ich konnte in weiter Ferne das Zeltlager sehen. Und da blieb sie stehen und sagte zu mir, sie müsse jetzt umkehren und sie würde mir einen Kuss geben, wenn ich es niemand auf der Welt sagen würde, dass ich sie hier traf. Warum? fragte ich. Weil sie es nicht haben möchte, sagte sie. Ich sagte, geht in Ordnung, und sie gab mir einen Kuss auf die Wange. Das gilt nicht, sagte ich, ein Kuss gilt nur auf den Mund. Sie gab mir einen Kuss auf den Mund.

Dabei steckte sie mir die Zunge hinein. Ich sagte, sie ist eine Sau und was sie denn mit der Zunge mache? Da lachte sie und gab mir wieder so einen Kuss. Ich stiess sie von mir. Da hob sie einen Stein auf und warf ihn nach mir. Wenn der meinen Kopf getroffen hätte, wär ich jetzt hin. Ich sagte es ihr. Sie sagte, das würde ihr nichts ausmachen. Dann würdest Du gehänkt, sagte ich. Sie sagte das würde sie sowieso. Plötzlich wurde es mir unheimlich. Sie sagte, ich solle ganz in ihre Nähe kommen. Ich wollte nicht feig sein und kam. Da packte sie mich plötzlich und stiess mir noch einmal ihre Zunge in den Mund. Da wurde ich wütend, packte einen Ast und schlug auf sie ein. Ich traf sie auf dem Rücken und den Schultern, aber nicht auf dem Kopf. Sie gab keinen Ton von sich und brach zusammen. Da lag sie. Ich erschrak sehr, denn ich dachte, sie wäre vielleicht tot. Ich trat zu ihr hin und berührte sie mit dem Ast. Sie rührte sich nicht. Wenn sie tot ist, hab ich mir gedacht, lass ich sie da liegen und tue, als wär nichts passiert. Ich wollte schon weg, aber da bemerkte ich, dass sie simulierte. Sie blinzelte mir nämlich nach. Ich ging rasch wieder hin. Ja, sie war nicht tot. Ich hab nämlich schon viele Tote gesehen, die sehen ganz anders aus. Schon mit sieben Jahren hab ich einen toten Polizisten und vier tote Arbeiter gesehen, es war nämlich ein Streik. Na wart, dachte ich, Du willst mich da nur erschrecken, aber Du springst schon auf – ich erfasste vorsichtig unten ihren Rock und riss ihn plötzlich hoch. Sie hatte keine Hosen an. Sie rührte sich aber noch immer nicht und mir wurde es ganz anders. Aber plötzlich sprang sie auf und riss mich wild zu sich herab. Ich kenne das schon. Wir liebten uns. Gleich daneben war ein riesiger Ameisenhaufen. Und dann versprach ich es ihr, dass ich es niemand sagen werde, dass ich sie getroffen hab. Sie ist weggelaufen und ich hab ganz vergessen zu fragen, wie sie heisst.

Donnerstag.

Wir haben Wachen aufgestellt wegen der Räuberbanden. Der N schreit schon wieder, ich soll die Kerze auslöschen. Wenn er noch einmal schreit, dann hau ich ihm eine herunter. – Jetzt hab ich ihm eine heruntergehaut. Er hat nicht zurückgehaut. Der blöde R hat geschrien, als hätt er es bekommen, der Feigling! Ich ärger mich nur, dass ich mit dem Mädel nichts ausgemacht hab. Ich hätte sie gerne wiedergesehen und mit ihr gesprochen. Ich fühlte sie heute Vormittag unter mir, wie der Feldwebel >Auf!< und >Nieder!< kommandiert hat. Ich muss immer an sie denken. Nur ihre Zunge mag ich nicht. Aber sie sagte, das sei Gewöhnung. Wie beim Autofahren das rasche Fahren. Was ist doch das Liebesgefühl für ein Gefühl! Ich glaube, so ähnlich muss es sein, wenn man fliegt. Aber fliegen ist sicher noch schöner. Ich weiss es nicht, ich möcht, dass sie jetzt neben mir liegt. Wenn sie nur da wär, ich bin so allein. Von mir aus soll sie mir auch die Zunge in den Mund stecken.

Freitag.

Übermorgen werden wir schiessen, endlich! Heute Nachmittag hab ich mit dem N gerauft, ich bring ihn noch um. Der R hat dabei was abbekommen, was stellt sich der Idiot in den Weg! Aber das geht mich alles nichts mehr an, ich denke nur immer an sie und heute noch stärker. Denn heute Nacht ist sie gekommen. Plötzlich, wie ich auf der Wache gestanden bin. Zuerst bin ich erschrocken, dann hab ich mich riesig gefreut und hab mich geschämt, dass ich erschrocken bin. Sie hats nicht bemerkt, Gott sei Dank! Sie hat so wunderbar gerochen, nach einem Parfum. Ich fragte sie, woher sie es herhabe? Sie sagte, aus der Drogerie im Dorf. Das muss teuer gewesen sein, sagte ich. Oh nein, sagte sie, es kostete nichts. Dann umarmte sie mich wieder und wir waren zusammen. Dabei fragte sie mich, was tun wir jetzt? Ich sagte, wir lieben uns. Ob wir uns noch oft lieben werden, fragte sie. Ja, sagte ich, noch sehr oft. Ob sie nicht ein verdorbenes Mädchen wäre? Nein, wie könne sie sowas sagen! Weil sie mit mir in der Nacht herumliegt. Kein Mädchen ist heilig, sagte ich. Plötzlich sah ich eine Träne auf ihrer Wange, der Mond schien ihr ins Gesicht. Warum weinst Du? Und sie sagte, weil alles so finster ist. Was denn? Und sie fragte mich, ob ich sie auch lieben würde, wenn sie eine verlorene Seele wär? Was ist das? Und sie sagte mir, sie hätte keine Eltern und wär mit zwölf Jahren eine Haustochter geworden, aber der Herr wär ihr immer nachgestiegen, sie hätte sich gewehrt und da hätte sie mal ein Geld gestohlen, um weglaufen zu können, weil sie die Frau immer geohrfeigt hätt wegen des Herrn, und da wär sie in eine Besserungsanstalt gekommen, aber von dort wär sie ausgebrochen und jetzt wohne sie in einer Höhle und würde alles stehlen, was ihr begegnet. Vier Jungen aus dem Dorf, die nicht mehr Puppen malen wollen, wären auch dabei, sie wär aber die älteste und die Anführerin. Aber ich dürfe es niemand sagen, dass sie so eine sei, denn dann käme sie wieder in die Besserungsanstalt. Und sie tat mir furchtbar leid und ich fühlte plötzlich, dass ich eine Seele habe. Und ich sagte es ihr und sie sagte mir, ja, jetzt fühle sie es auch, dass sie eine Seele habe. Ich dürfe sie aber nicht missverstehen, wenn jetzt, während sie bei mir ist, im Lager etwas gestohlen wird. Ich sagte, ich würde sie nie missverstehen, nur mir dürfe sie nichts stehlen, denn wir gehörten zusammen.

Dann mussten wir uns trennen, denn nun wurde ich bald abgelöst. Morgen treffen wir uns wieder. Ich weiss jetzt, wie sie heisst. Eva.

Samstag.

Heute war grosse Aufregung, denn dem G wurde sein Photo gestohlen. Schadet nichts! Sein Vater hat drei Fabriken und die arme Eva muss in einer Höhle wohnen. Was wird sie machen, wenn Winter ist? Der N schreit schon wieder wegen dem Licht. Ich werd ihn noch erschlagen.

Ich kann die Nacht kaum erwarten bis sie kommt! Ich möcht mit ihr in einem Zelt leben, aber ohne Lager, ganz allein! Nur mit ihr! Das Lager freut mich nicht mehr. Es ist alles nichts.

Oh Eva, ich werde immer für Dich da sein! Du kommst in keine Besserungsanstalt mehr, in keine mehr, das schwör ich Dir zu! Ich werde Dich immer beschützen!

Der N schreit, er wird mein Kästchen zertrümmern, morgen, er soll es nur wagen! Denn hier sind meine innersten Geheimnisse drinnen, die niemand was angehen. Jeder, der mein Kästchen anrührt, stirbt!«

Verurteilt

»Jeder, der mein Kästchen anrührt, stirbt!«

Ich lese den Satz zweimal und muss lächeln.

Kinderei!

Und ich will an das denken, was ich las, aber ich komme nicht dazu. Vom Waldrand her tönt die Trompete, ich muss mich beeilen, das Regiment naht. Rasch tu ich das Tagebuch wieder ins Kästchen und will es versperren. Ich drehe den Draht hin und her. Umsonst! Es lässt sich nicht mehr schliessen, ich hab das Schloss verdorben – was tun?

Sie werden gleich da sein, die Jungen. Ich verstecke das offene Kästchen im Schlafsack und verlasse das Zelt. Es blieb mir nichts anderes übrig. Jetzt kommt das Regiment daher.

In der vierten Reihe marschiert der Z.

Du hast also ein Mädel und das nennt sich Eva. Und Du weisst es, dass Deine Liebe stiehlt. Aber Du schwörst trotzdem, sie immer zu beschützen.

Ich muss wieder lächeln. Kinderei, elende Kinderei!

Jetzt hält das Regiment und tritt ab.

Jetzt kenne ich Deine »innersten Geheimnisse«, denke ich, aber plötzlich kann ich nicht mehr lächeln. Denn ich sehe den Staatsanwalt. Er blättert in seinen Akten. Die Anklage lautet auf Diebstahl und Begünstigung. Nicht nur Eva, auch Adam hat sich zu verantworten. Man müsste den Z sofort verhaften.

Ich will es dem Feldwebel sagen und die Gendarmerie verständigen. Oder soll ich zuerst allein mit dem Z reden?

Nun steht er drüben bei den Kochtöpfen und erkundigt sich, was er zum essen bekommen wird. Er wird von der Schule fliegen, und das Mädel kommt zurück in die Besserungsanstalt.

Beide werden eingesperrt.

Adieu Zukunft, lieber Z!

Es sind schon grössere Herren über die Liebe gestolpert, über die Liebe, die auch naturnotwendig ist, und also ebenfalls gottgewollt.

Und ich höre wieder den Pfaffen: »Das Schrecklichste auf der Welt ist Gott.«

Und ich höre einen wüsten Lärm, Geschrei und Gepolter. Alles stürzt zu einem Zelt.

Es ist das Zelt mit dem Kästchen. Der Z und der N raufen, man kann sie kaum trennen.

Der N ist rot, er blutet aus dem Mund.

Der Z ist weiss.

»Der N hat sein Kästchen erbrochen!« ruft mir der Feldwebel zu.

»Nein!« schreit der N. »Ich habs nicht getan, ich nicht!«

»Wer denn sonst?!« schreit der Z. »Sagen Sies selber, Herr Lehrer, wer könnt es denn sonst schon getan haben?!«

»Lüge, Lüge!«

»Er hat es erbrochen und sonst niemand! Er hats mir ja schon angedroht, dass er es mir zertrümmern wird!«

»Aber ich habs nicht getan!«

»Ruhe!« brüllt plötzlich der Feldwebel.

Es wird still.

Der Z lässt den N nicht aus den Augen.

Jeder, der sein Kästchen anrührt, stirbt, geht es mir plötzlich durch den Sinn. Unwillkürlich blick ich empor.

Aber der Himmel ist sanft.

Ich fühle, der Z könnte den N umbringen.

Auch der N scheint es zu spüren. Er wendet sich kleinlaut an mich.

»Herr Lehrer, ich möcht in einem anderen Zelt schlafen.«

»Gut.«

»Ich habs wirklich nicht gelesen, sein Tagebuch. Helfen Sie mir, Herr Lehrer!«

»Ich werde Dir helfen.«

Jetzt sieht mich der Z an. Du kannst nicht helfen, liegt in seinem Blick.

Ich weiss, ich habe den N verurteilt.

Aber ich wollt es doch nur wissen, ob der Z mit den Räubern ging, und ich wollt ihn doch nicht leichtfertig in einen Verdacht bringen, drum hab ich das Kästchen erbrochen.

Warum sag ichs nur nicht, dass ich es bin, der das Tagebuch las?

Nein, nicht jetzt! Nicht hier vor allen! Aber ich werde es sagen. Sicher! Nur nicht vor allen, ich schäme mich!

Allein werd ichs ihm sagen. Von Mann zu Mann! Und ich will auch mit dem Mädel reden, heut nacht, wenn er sie trifft. Ich werde ihr sagen, sie soll sich nur ja nimmer blikken lassen, und diesem dummen Z werde ich ordentlich seinen Kopf waschen – dabei solls dann bleiben! Schluss!

Wie ein Raubvogel zieht die Schuld ihre Kreise. Sie packt uns rasch.

Aber ich werde den N freisprechen.

Er hat ja auch nichts getan.

Und ich werde den Z begnadigen. Und auch das Mädel. Ich lasse mich nicht unschuldig verurteilen!

Ja, Gott ist schrecklich, aber ich will ihm einen Strich durch die Rechnung machen. Mit meinem freien Willen.

Einen dicken Strich.

Ich werde uns alle retten.

Und wie ich so überlege, fühle ich, dass mich wer anstarrt.

Es ist der T.

Zwei helle runde Augen schauen mich an. Ohne Schimmer, ohne Glanz.

Der Fisch! durchzuckt es mich.

Er sieht mich noch immer an, genau wie damals beim Begräbnis des kleinen W.

Er lächelt leise, überlegen, spöttisch. Seltsam starr.

Weiss er, dass ich es bin, der das Kästchen erbrach?

Der Mann im Mond

Der Tag wurd mir lang. Endlich sank die Sonne.

Der Abend kam und ich wartete auf die Nacht. Die Nacht kam und ich schlich mich aus dem Lager. Der Feldwebel schnarchte bereits, es hat mich keiner gesehen. Zwar hing noch der Vollmond über dem Lager, aber aus dem Westen zogen die Wolken in finsteren Fetzen vorbei. Immer wieder wurde es stockdunkel und immer länger währte es, bis das silberne Licht wieder kam.

Dort, wo der Wald fast die Zelte berührt, dort wird er wachen, der Z. Dort sass ich nun hinter einem Baum.

Ich sah ihn genau, den Posten. Es war der G.

Er ging etwas auf und ab.

Droben rasten die Wolken, unten schien alles zu schlafen. Droben tobte ein Orkan, unten rührte sich nichts.

Nur ab und zu knackte ein Ast.

Dann hielt der G und starrte in den Wald.

Ich sah ihm in die Augen, aber er konnte mich nicht sehen.

Hat er Angst?

Im Wald ist immer was los, besonders in der Nacht.

Die Zeit verging.

Jetzt kommt der Z.

Er grüsst den G und der geht.

Der Z bleibt allein.

Er sieht sich vorsichtig um und blickt dann zum Mond empor.

Es gibt einen Mann im Mond, fällt es mir plötzlich ein, der sitzt auf der Sichel, raucht seine Pfeife und kümmert sich um nichts. Nur manchmal spuckt er auf uns herab.

Vielleicht hat er recht.

Er wird schon wissen, was er tut. – –

Um zirka halbdrei erschien endlich das Mädel, und zwar derart lautlos, dass ich sie erst bemerkte, als sie bereits bei ihm stand. Wo kam sie her?

Sie war einfach da.

Jetzt umarmt sie ihn und er umarmt sie.

Sie küssen sich.

Das Mädel steht mit dem Rücken zu mir und ich kann ihn nicht sehen. Sie muss grösser sein als er –

Jetzt werde ich hingehen und mit den Beiden sprechen.

Ich erhebe mich vorsichtig, damit sie mich nicht hören.

Denn sonst läuft mir das Mädel weg.

Und ich will doch auch mit ihr reden.

Sie küssen sich noch immer.

Es ist Unkraut und gehört vertilgt, geht es mir plötzlich durch den Sinn.

Ich sehe eine blinde Alte, die stolpert und stürzt.

Und immer muss ich an das Mädel denken, wie sie sich reckt und über die Hecke schaut.

Sie muss einen schönen Rücken haben.

Ihre Augen möchte ich sehen –

Da kommt eine Wolke und alles wird finster.

Sie ist nicht gross, die Wolke, denn sie hat einen silbernen Rand. Wie der Mond wieder scheint, gehe ich hin.

Jetzt scheint er wieder, der Mond.

Das Mädel ist nackt.

Er kniet vor ihr.

Sie ist sehr weiss.

Ich warte.

Sie gefällt mir immer mehr.

Geh hin! Sag, dass Du das Kästchen erbrochen hast! Du und nicht der N! Geh hin, geh!

Ich gehe nicht hin.

Jetzt sitzt er auf einem Baumstamm und sie sitzt auf seinen Knieen.

Sie hat herrliche Beine.

Geh hin!

Ja, sofort –

Und es kommen neue Wolken, schwärzere, grössere. Sie haben keine silbernen Ränder und decken die Erde zu.

Der Himmel ist weg, ich sehe nichts mehr.

Ich lausche, aber es gehen nur Schritte durch den Wald.

Ich halte den Atem an.

Wer geht?

Oder ist es nur der Sturm von droben?

Ich kann mich selber nicht mehr sehen.

Wo seid Ihr, Adam und Eva?

Im Schweisse Eueres Angesichtes solltet Ihr Euer Brot verdienen, aber es fällt Euch nicht ein. Eva stiehlt einen photographischen Apparat und Adam drückt beide Augen zu, statt zu wachen – –

Ich werd es ihm morgen sagen, diesem Z, morgen in aller Frühe, dass ich es war, der sein Kästchen erbrach.

Morgen lass ich mich durch nichts mehr hindern!

Und wenn mir der liebe Gott tausend nackte Mädchen schickt! –

Immer stärker wird die Nacht.

Sie hält mich fest, finster und still.

Jetzt will ich zurück.

Vorsichtig taste ich vor –

Mit der vorgestreckten Hand berühre ich einen Baum.

Ich weiche ihm aus.

Ich taste weiter – da, ich zucke entsetzt zurück!

Was war das?!

Mein Herz steht still.

Ich möchte rufen, laut, laut – aber ich beherrsche mich.

Was war das?!

Nein, das war kein Baum!

Mit der vorgestreckten Hand fasste ich in ein Gesicht.

Ich zittere.

Wer steht da vor mir?

Ich wage nicht mehr, weiterzugehen.

Wer ist das?!

Oder habe ich mich getäuscht?

Nein, ich hab es zu deutlich gefühlt: die Nase, die Lippen –

Ich setze mich auf die Erde.

Ist das Gesicht noch dort drüben?

Warte, bis das Licht kommt!

Rühre Dich nicht! –

Über den Wolken raucht der Mann im Mond.

Es regnet leise.

Spuck mich nur an, Mann im Mond!

Der vorletzte Tag

Endlich wird es grau, der Morgen ist da.

Es ist niemand vor mir, kein Gesicht und nichts.

Ich schleiche mich wieder ins Lager zurück. Der Feldwebel liegt auf dem Rücken mit offenem Mund. Der Regen klopft an die Wand. Erst jetzt bin ich müde.

Schlafen, schlafen –

Als ich erwache, ist das Regiment bereits fort. Ich werde es dem Z sagen, dass ich es war und nicht der N, sowie er zurückkommt.

Es ist der vorletzte Tag.

Morgen brechen wir unsere Zelte ab und fahren in die Stadt zurück.

Es regnet in Strömen, nur manchmal hört es auf. In den Tälern liegen dicke Nebel. Wir sollten die Berge nimmer sehen.

Mittags kommt das Regiment zurück, aber nicht komplett.

Der N fehlt.

Er dürfte sich verlaufen haben, meint der Feldwebel, und er würde uns schon wiederfinden.

Ich muss an die Höhlen denken, die im Tagebuch des Z stehen, und werde unsicher.

Ist es Angst?

Jetzt muss ichs ihm aber sogleich sagen, es wird allmählich Zeit!

Der Z sitzt in seinem Zelte und schreibt. Er ist allein. Als er mich kommen sieht, klappt er rasch sein Tagebuch zu und blickt mich misstrauisch an.

»Ach, wir schreiben wieder unser Tagebuch«, sage ich und versuche zu lächeln. Er schweigt und blickt mich nur an.

Da sehe ich, dass seine Hände zerkratzt sind.

Er bemerkt, dass ich die Kratzer beobachte, zuckt etwas zusammen und steckt die Hände in die Taschen.

»Friert's Dich?« frage ich und lasse ihn nicht aus den Augen.

Er schweigt noch immer, nickt nur ja, und ein spöttisches Lächeln huscht über sein Gesicht.

»Hör mal«, beginne ich langsam, »Du meinst, dass der N dein Kästchen erbrochen hat –«

»Ich meine es nicht nur«, fällt er mir plötzlich fest ins Wort, »sondern er hats auch getan.«

»Woher willst Du denn das wissen?«

»Er selbst hat es mir gesagt.«

Ich starre ihn an. Er selbst hat es gesagt? Aber das ist doch unmöglich, er hat es doch gar nicht getan!

Der Z blickt mich forschend an, doch nur einen Augenblick lang. Dann fährt er fort: »Er hats mir heut vormittag gestanden, dass er das Kästchen geöffnet hat. Mit einem Draht, aber dann konnt er es nicht wieder schliessen, denn er hatte das Schloss ruiniert.«

»Und?«

»Und er hat mich um Verzeihung gebeten und ich habe ihm verziehen.«

»Verziehen?«

»Ja.«

Er blickt gleichgültig vor sich hin. Ich kenne mich nicht mehr aus und es fällt mir ein: »Jeder, der mein Kästchen anrührt, stirbt!«

»Weisst Du, wo der N jetzt steckt?« frage ich plötzlich.

Er bleibt ganz ruhig.

»Woher soll ich das wissen? Sicher hat er sich verirrt. Ich hab mich auch schon mal verirrt« – er erhebt sich und es macht den Eindruck, als würde er nicht mehr weiterreden wollen. Da bemerke ich, dass sein Rock zerrissen ist.

Soll ich es ihm sagen, dass er lügt? Dass der N es ihm niemals gestanden haben konnte, denn ich, ich habe doch sein Tagebuch gelesen –

Aber warum lügt der Z?

Nein, ich darf gar nicht daran denken! –

Warum sagte ich es ihm nur nicht sofort, gleich gestern, als er den N verprügelte! Weil ich mich schämte, vor meinen Herren Schülern zu gestehen, dass ich heimlich mit einem Draht ein Kästchen erbrochen hab, obwohl dies in bester Absicht geschehen ist – verständlich, verständlich! Aber warum verschlief ich nur heute früh?! Richtig, ich sass ja in der Nacht im Wald und machte das Maul nicht auf! Und jetzt, jetzt dürfte es wenig nützen, wenn ich es aufmachen würde. Es ist zu spät.

Richtig, auch ich bin schuld.

Auch ich bin der Stein, über den er stolperte, die Grube, in die er fiel, der Felsen, von dem er hinunterstürzte –

Warum hat mich heut früh nur niemand geweckt?!

Ich wollte mich nicht unschuldig verurteilen lassen und schlief, statt mich zu verteidigen. Mit meinem freien Willen wollte ich einen dicken Strich durch eine Rechnung machen, aber die Rechnung war bereits längst bezahlt.

Ich wollte uns alle retten, aber wir waren bereits ertrunken. In dem ewigen Meer der Schuld.

Doch wer ist denn schuld, dass das Schloss verdarb?

Dass es sich nicht mehr zusperren liess?

Egal ob offen oder zu, ich hätte es sagen müssen!

Die Pfade der Schuld berühren sich, kreuzen, verwickeln sich. Ein Labyrinth. Ein Irrgarten – mit Zerrspiegeln.

Jahrmarkt, Jahrmarkt!

Hereinspaziert, meine Herrschaften!

Zahlt Busse und Strafe für die Schuld Eueres Daseins!

Nur keine Angst, es ist zu spät! – –

Am Nachmittag zogen wir alle aus, um den N zu finden. Wir durchsuchten das ganze Gebiet, riefen »N!« und wieder »N!«, aber es kam keine Antwort. Ich erwartete auch keine.

Es dämmerte bereits, als wir zurückkehrten. Durchnässt, durchfroren. Die Suche verlief ergebnislos.

»Wenn das so weiterregnet«, fluchte der Feldwebel, »gibts noch die schönste Sündflut!«

Und es fiel mir wieder ein: als es aufhörte zu regnen und die Wasser der Sündflut wichen, sprach der Herr: »Ich will hinfort nicht mehr die Erde bestrafen um der Menschen willen.«

Und wieder frage ich mich: hat der Herr sein Versprechen gehalten?

Es regnet immer stärker.

»Wir müssens der Gendarmerie melden«, sagt der Feldwebel, »dass der N abgängig ist.«

»Morgen.«

»Ich versteh Sie nicht, Herr Lehrer, dass Sie so ruhig sind.«

»Ich denke, er wird sich verirrt haben, man verirrt sich ja leicht, und vielleicht übernachtet er auf irgendeinem Bauernhof.«

»In der Gegend dort gibts keine Höfe, nur Höhlen.«

Ich horche auf. Das Wort versetzt mir wieder einen Schlag.

»Wollen es hoffen«, fährt der Feldwebel fort, »dass er in einer Höhle sitzt und dass er sich nichts gebrochen hat.«

Ja, wollen wir hoffen. –

Plötzlich frage ich den Feldwebel: »Warum haben Sie mich heut früh nicht geweckt?«

»Nicht geweckt?« Er lacht. »Ich hab Sie in einer Tour geweckt, aber Sie sind ja da gelegen, als hätt sie der Teufel geholt!«

Richtig. Gott ist das Schrecklichste auf der Welt.

Der letzte Tag

Am letzten Tag unseres Lagerlebens kam Gott.

Ich erwartete ihn bereits.

Der Feldwebel und die Jungen zerlegten gerade die Zelte, als er kam.

Sein Erscheinen war furchtbar. Dem Feldwebel wurde es übel und er musste sich setzen. Die Jungen standen entsetzt herum, halb gelähmt. Erst allmählich bewegten sie sich wieder, und zwar immer aufgeregter.

Nur der Z bewegte sich kaum.

Er starrte zu Boden und ging auf und ab. Doch nur ein paar Meter. Immer hin und her.

Dann schrie alles durcheinander, so schien es mir.

Nur der Z blieb stumm.

Was war geschehen?

Zwei Waldarbeiter waren im Lager erschienen, zwei

Holzfäller mit Rucksack, Säge und Axt. Sie berichteten, dass sie einen Jungen gefunden hätten. Sie hatten seinen Schulausweis bei sich. Es war der N.

Er lag in der Nähe der Höhlen, in einem Graben, unweit einer Lichtung. Mit einer klaffenden Kopfwunde. Ein Stein musste ihn getroffen haben oder ein Schlag mit irgend-einem stumpfen Gegenstande.

Auf alle Fälle war er hin. Tot und tot.

Man hat ihn erschlagen, sagten die Waldarbeiter.

Ich stieg mit den Waldarbeitern ins Dorf hinab. Zur Gendarmerie. Wir liefen fast. Gott blieb zurück.

Die Gendarmen telephonierten mit dem Staatsanwalt in der nächsten Stadt und ich telegraphierte meinem Direktor. Die Mordkommission erschien und begab sich an den Ort der Tat.

Dort lag der N im Graben.

Er lag auf dem Bauche.

Jetzt wurde er photographiert.

Die Herren suchten die nähere Umgebung ab. Peinlich genau. Sie suchten das Mordinstrument und irgendwelche Spuren.

Sie fanden, dass der N nicht in jenem Graben erschlagen wurde, sondern ungefähr zwanzig Meter entfernt davon. Man sah deutlich die Spur, wie er in den Graben geschleift worden war, damit ihn niemand finde.

Und sie fanden auch das Mordinstrument. Einen blut-befleckten spitzigen Stein. Auch einen Bleistift fanden sie, und einen Kompass.

Der Arzt konstatierte, dass der Stein mit grosser Wucht aus nächster Nähe den Kopf des N getroffen haben musste. Und zwar meuchlings, von rückwärts.

Befand sich der N auf der Flucht?

Der Untat musste nämlich ein heftiger Kampf vorangegangen sein, denn sein Rock war zerrissen. Und seine Hände zerkratzt. –

Als die Mordkommission das Lager betrat, erblickte ich sogleich den Z. Er sass etwas abseits. Auch sein Rock ist zerrissen, ging es mir durch den Sinn, und auch seine Hände sind zerkratzt.

Aber ich werde mich hüten, davon zu reden! Mein Rock hat zwar keinen Riss und meine Hände sind ohne Kratzer, aber trotzdem bin auch ich daran schuld! –

Die Herren verhörten uns. Wir wussten alle nichts über den Hergang des Verbrechens. Auch ich nicht. Und auch der Z nicht.

Als der Staatsanwalt mich fragte: »Haben Sie keinen Verdacht?« – da sah ich wieder Gott. Er trat aus dem Zelte, wo der Z schlief, und hatte das Tagebuch in der Hand.

Jetzt sprach er mit dem R und liess den Z nicht aus den Augen.

Der kleine R schien Gott nicht zu sehen, nur zu hören. Immer grösser wurden seine Augen, als blickte er plötzlich in neues Land.

Da höre ich wieder den Staatsanwalt: »So reden Sie doch! Haben Sie keinen Verdacht?«

»Nein.«

»Herr Staatsanwalt«, schreit plötzlich der R und drängt sich vor, »der Z und der N haben sich immer gerauft! Der N hat nämlich das Tagebuch des Z gelesen und deshalb war ihm der Z todfeind – er führt nämlich ein Tagebuch, es liegt in einem Kästchen aus blauem Blech!«

Alle blicken auf den Z.

Der steht mit gesenktem Haupt. Man kann sein Gesicht nicht sehen. Ist es weiss oder rot? Langsam tritt er vor.

Er hält vor dem Staatsanwalt.

Es wird sehr still.

»Ja«, sagt er leise, »ich habs getan.«

Er weint.

Ich werfe einen Blick auf Gott.

Er lächelt.

Warum?

Und wie ich mich so frage, sehe ich ihn nicht mehr.

Er ist wieder fort.

Die Mitarbeiter

Morgen beginnt der Prozess.

Ich sitze auf der Terrasse eines Cafés und lese die Zeitungen. Der Abend ist kühl, denn es ist Herbst geworden.

Schon seit vielen Tagen berichten die Zeitungen über die kommende Sensation. Einzelne unter der Überschrift Mordprozess Z, andere unter Mordprozess N. Sie bringen Betrachtungen, Skizzen, graben alte Kriminalfälle mit Jugendlichen im Mittelpunkt aus, sprechen über die Jugend überhaupt und an sich, prophezeien und kommen vom hundertsten ins tausendste, finden aber dennoch immer irgendwie zurück zum Ermordeten N und seinem Mörder Z.

Heute früh erschien ein Mitarbeiter bei mir und interviewte mich. Im Abendblatt muss es schon drinnen sein. Ich suche das Blatt. Er hat mich sogar photographiert. Ja, das ist mein Bild! Hm, ich hätt mich kaum wiedererkannt. Eigentlich ganz nett. Und unter dem Bilde steht: »Was sagt der Lehrer?«

Nun, was sage ich?

»Einer unserer Mitarbeiter besuchte heute vormittag im städtischen Gymnasium jenen Lehrer, der seinerzeit im Frühjahr die oberste Aufsicht über jenes Zeltlager inne hatte, allwo sich die verhängnisvolle Tragödie unter Jugendlichen abrollen sollte. Der Lehrer sagte, er stehe vor einem Rätsel, und zwar nach wie vor. Der Z sei immer ein aufgeweckter Schüler gewesen und ihm, dem Lehrer, wären niemals irgendwelche charakterlichen Anomalitäten, geschweige denn Defekte oder verbrecherische Instinkte aufgefallen. Unser Mitarbeiter legte dem Lehrer die folgenschwere Frage vor, ob diese Untat ihre Wurzel etwa in einer gewissen Verrohung der Jugend hätte, was jedoch der Lehrer strikt bestritt. Die heutige Jugend, meinte er, sei keineswegs verroht, sie sei vielmehr, dank der allgemeinen Gesundung, äusserst pflichtbewusst, aufopferungsfreudig und absolut national. Dieser Mord sei ein tiefbedauerlicher Einzelfall, ein Rückfall in schlimmste liberalistische Zeiten. Jetzt läutet die Schulglocke, die Pause ist aus, und der Lehrer empfiehlt sich. Er schreitet in die Klasse, um junge aufgeschlossene Seelen zu wertvollen Volksgenossen auszubilden. Gottlob ist der Fall Z nur ein Ausnahmefall, der ausnahmsweise Durchbruch eines verbrecherischen Individualismus!«

Hinter meinem Interview folgt eines mit dem Feldwebel. Auch sein Bild ist in der Zeitung, aber so hat er mal ausgesehen, vor dreissig Jahren. Ein eitler Knopf.

Nun, was sagt der Feldwebel?

»Unser Mitarbeiter besuchte auch den seinerzeitigen mi-

litärischen Ausbildungsleiter. Der militärische Ausbildungsleiter, kurz MA genannt, empfing unseren Mitarbeiter mit
ausgesuchter Höflichkeit, doch in der strammen Haltung
des alten, immer noch frischen Haudegens. Seiner Ansicht
nach entspringt die Tat einem Mangel an Disziplin. Eingehend äusserte er sich über den Zustand des Leichnams des
Ermordeten, anlässlich dessen Auffindung. Er hatte den
ganzen Weltkrieg mitgemacht, jedoch niemals eine derart
grauenhafte Wunde gesehen. >Als alter Soldat bin ich für
den Frieden<, schloss sein aufschlussreiches Gespräch.«

»Unser Mitarbeiter besuchte auch die Präsidentin des
Verbandes gegen die Kinderverwahrlosung, die Frau Rauch-
fangkehrermeister K. Die Präsidentin bedauert den Fall aus
tiefstem Inneren heraus. Sie kann schon seit Tagen nicht
mehr schlafen, visionäre Träume quälen die verdienstvolle
Frau. Ihrer Meinung nach wäre es höchste Zeit, dass die
massgebenden Faktoren endlich bessere Besserungsanstal-
ten bauten, angesichts der sozialen Not.«

Ich blättere weiter. Ach, wer ist denn das? Richtig, das ist
ja der Bäckermeister N, der Vater des Toten! Und auch
seine Gattin ist abgebildet, Frau Elisabeth N, geborene S.

»Ihre Frage«, sagt der Bäckermeister zum Mitarbeiter,
»will ich gerne beantworten. Das unbestechliche Gericht
wird es herauszufinden haben, ob unser ärmster Otto nicht
doch nur das Opfer eines sträflichen Leichtsinns der Auf-
sichtsstelle geworden ist, ich denke jetzt ausschliesslich an
den Lehrer und keineswegs an den MA. Justitia fundamen-
tum regnorum. Überhaupt müsste eine richtige Durchsie-
bung des Lehrpersonals erfolgen, es wimmelt noch vor lauter
getarnten Staatsfeinden. Bei Philippi sehen wir uns wieder!«

Und die Frau Bäckermeister meint: »Ottochen war meine Sonne. Jetzt hab ich halt nurmehr meinen Gatten. Aber Ottochen und ich, wir stehen immer in einem geistigen Kontakt. Ich bin in einem spiritistischen Zirkel.«

Ich lese weiter.

In einer anderen Zeitung steht: »Die Mutter des Mörders wohnt in einer Dreizimmerwohnung. Sie ist die Witwe des Universitätsprofessors Z, der vor zirka zehn Jahren starb. Professor Z war ein angesehener Physiologe. Seine Studien über die Reaktion der Nerven anlässlich von Amputationen erregten nicht nur in Fachkreisen Aufsehen. Vor zirka zwanzig Jahren bildete er einige Zeit hindurch das Hauptangriffsziel des Vereins gegen Vivisektion. Frau Professor Z verweigert uns leider jede Aussage. Sie sagt nur: ›Meine Herren, können Sie es sich denn nicht denken, was ich durchzumachen habe?‹ Sie ist eine mittelgrosse Dame. Sie trug Trauer.«

Und in einer anderen Zeitung entdeckte ich den Verteidiger des Angeklagten. Er hat auch mit mir schon dreimal gesprochen und scheint Feuer und Flamme für den Fall zu sein. Ein junger Anwalt, der weiss, was für ihn auf dem Spiele steht.

Alle Mitarbeiter blicken auf ihn.

Es ist ein langes Interview.

»In diesem sensationellen Mordprozess, meine Herren«, beginnt der Verteidiger sein Interview, »befindet sich die Verteidigung in einer prekären Situation. Sie hat nämlich ihre Klinge nicht nur gegen die Staatsanwaltschaft, sondern auch gegen den Angeklagten, den sie ja verteidigen muss, zu führen.«

»Wieso?«

»Der Angeklagte, meine Herren, bekennt sich eines Verbrechens wider die Person schuldig. Es ist Totschlag und nicht Mord, wie ich ganz besonders zu vermerken bitte. Aber trotz des Geständnisses des jugendlichen Angeklagten bin ich felsenfest davon überzeugt, dass er nicht der Täter ist. Meiner Überzeugung nach deckt er jemanden.«

»Sie wollen doch nicht behaupten, Herr Doktor, dass jemand anderer die Tat beging?«

»Doch, meine Herren, das will ich sogar sehr behaupten! Abgesehen davon, dass mir dies auch ein undefinierbares Gefühl sagt, gewissermassen der Jagdinstinkt des Kriminalisten, habe ich auch bestimmte Gründe für meine Behauptung. Er war es nicht! Überlegen Sie sich doch mal die Motive der Tat! Er erschlägt seinen Mitschüler, weil dieser sein Tagebuch las. Aber was stand denn in dem Tagebuch? Doch hauptsächlich die Affäre mit jenem verkommenen Mädchen. Er schützt das Mädchen und verkündet unüberlegt: ›Jeder, der mein Tagebuch anrührt, stirbt!‹ – gewiss, gewiss! Es spricht alles gegen ihn und doch auch wieder nicht alles. Abgesehen davon, dass die ganze Art und Weise seines Geständnisses einer ritterlichen Haltung nicht ganz entbehrt, ist es denn nicht auffallend, dass er über den eigentlichen Totschlag nicht spricht? Kein Wörtchen über den Hergang der Tat! Warum erzählt er sie uns nicht? Er sagt, er erinnere sich nicht mehr. Falsch! Er könnte sich nämlich gar nicht erinnern, denn er weiss es ja nicht, wie, wo und wann sein bedauernswerter Mitschüler erschlagen wurde. Er weiss nur, es geschah mit einem Stein. Man zeigt ihm Steine, er kann sich nicht mehr erinnern. Meine Herren, er deckt die Tat eines anderen!«

»Aber der zerrissene Rock und die Kratzer an den Händen?«

»Gewiss, er hat den N auf einem Felsen getroffen und

hat mit ihm gerauft, das erzählt er uns ja auch mit allen Einzelheiten. Aber dass er ihm dann nachgeschlichen ist und hinterrücks mit einem Stein – nein-nein! Den N erschlug ein anderer, oder vielmehr: eine andere!«

»Sie meinen jenes Mädchen?«

»Jawohl, die meine ich! Sie beherrschte ihn, sie beherrscht ihn noch immer. Er ist ihr hörig. Meine Herren, wir werden auch die Psychiater vernehmen!«

»Ist das Mädchen als Zeugin geladen?«

»Natürlich! Sie wurde kurz nach dem Morde in einer Höhle verhaftet und ist bereits längst abgeurteilt, samt ihrer Bande. Wir werden Eva sehen und hören, vielleicht schon morgen.«

»Wie lange wird der Prozess dauern?«

Ich rechne mit zwei bis drei Tagen. Es sind zwar nicht viele Zeugen geladen, aber, wie gesagt, ich werde mit dem Angeklagten scharf kämpfen müssen. Hart auf hart! Ich fechte es durch! Er wird wegen Diebstahlsbegünstigung verurteilt werden – das ist alles!«

Ja, das ist alles.

Von Gott spricht keiner.

Mordprozess Z oder N

Vor dem Justizpalast standen dreihundert Menschen.

Sie wollten alle hinein, doch das Tor war zu, denn die Einlasskarten waren bereits seit Wochen vergeben. Meist durch Protektion, aber nun wurde streng kontrolliert.

In den Korridoren kam man kaum durch.

Alle wollten den Z sehen.

Besonders die Damenwelt.

Vernachlässigt und elegant, waren sie geil auf Katastrophen, von denen sie kein Kind bekommen konnten.

Sie lagen mit dem Unglück anderer Leute im Bett und befriedigten sich mit einem künstlichen Mitleid.

Die Pressetribüne war überfüllt.

Als Zeugen waren u. a. geladen: die Eltern des N, die Mutter des Z, der Feldwebel, der R, der mit Z und N das Zelt geteilt hatte, die beiden Waldarbeiter, die die Leiche des Ermordeten gefunden hatten, der Untersuchungsrichter, die Gendarmen, usw. usw.

Und natürlich auch ich.

Und natürlich auch Eva.

Aber die war noch nicht im Saal. Sie sollte erst vorgeführt werden.

Der Staatsanwalt und der Verteidiger blättern in den Akten.

Jetzt sitzt Eva in einer Einzelzelle und wartet, dass sie drankommt.

Der Angeklagte erscheint. Ein Wachmann begleitet ihn.

Er sieht aus, wie immer. Nur bleicher ist er geworden und mit den Augen zwinkert er. Es stört ihn das Licht. Sein Scheitel ist noch in Ordnung.

Er setzt sich auf die Angeklagtenbank, als wärs eine Schulbank.

Alle sehen ihn an.

Er blickt kurz hin und erblickt seine Mutter.

Er starrt sie an – was rührt sich in ihm?

Scheinbar nichts.

Seine Mutter schaut ihn kaum an.

Oder scheint es nur so?

Denn sie ist dicht verschleiert – schwarz und schwarz, kein Gesicht.

Der Feldwebel begrüsst mich und erkundigt sich, ob ich sein Interview gelesen hätte. Ich sage »ja«, und der Bäckermeister N horcht auf meine Stimme hin gehässig auf.

Er könnt mich wahrscheinlich erschlagen.

Mit einer altbackenen Semmel.

Schleier

Der Präsident des Jugendgerichtshofes betritt den Saal, und alles erhebt sich. Er setzt sich und eröffnet die Verhandlung.

Ein freundlicher Grosspapa.

Die Anklageschrift wird verlesen.

Z wird nicht des Totschlags, sondern des Mordes angeklagt, und zwar des meuchlerischen.

Der Grosspapa nickt, als würde er sagen: »Oh, diese Kinder!«

Dann wendet er sich dem Angeklagten zu.

Z erhebt sich.

Er gibt seine Personalien an und ist nicht befangen.

Nun soll er in freier Rede sein Leben erzählen. Er wirft einen scheuen Blick auf seine Mutter und wird befangen.

Es wär so gewesen, wie bei allen Kindern, fängt er dann leise an. Seine Eltern wären nicht besonders streng gewesen, wie eben alle Eltern. Sein Vater sei schon sehr bald gestorben.

Er ist das einzige Kind.

Die Mutter führt ihr Taschentuch an die Augen, aber oberhalb des Schleiers.

Ihr Sohn erzählt, was er werden wollte – ja, er wollte mal ein grosser Erfinder werden. Aber er wollte nur Kleinigkeiten erfinden, wie zum Beispiel: einen neuartigen Reissverschluss.

»Sehr vernünftig«, nickt der Präsident. »Aber wenn Du nichts erfunden hättest?«

»Dann wäre ich Flieger geworden. Postflieger. Am liebsten nach Übersee.«

Zu den Negern? muss ich unwillkürlich denken.

Und wie der Z so von seiner ehemaligen Zukunft spricht, rückt die Zeit immer näher und näher – bald wird er da sein, der Tag, an dem der liebe Gott kam.

Der Z schildert das Lagerleben, das Schiessen, Marschieren, das Hissen der Flagge, den Feldwebel und mich. Und er sagt einen sonderbaren Satz: »Die Ansichten des Herrn Lehrers waren mir oft zu jung.«

Der Präsident staunt.

»Wieso?«

»Weil der Herr Lehrer immer nur sagte, wie es auf der Welt sein sollte, und nie, wie es wirklich ist.«

Der Präsident sieht den Z gross an. Fühlt er, dass nun ein Gebiet betreten wurde, wo das Radio regiert? Wo die Sehnsucht nach der Moral zum alten Eisen geworfen wird, während man vor der Brutalität der Wirklichkeit im Staube liegt? Ja, er scheint es zu fühlen, denn er sucht nach einer günstigen Gelegenheit, um die Erde verlassen zu können. Plötzlich fragt er den Z: »Glaubst Du an Gott?«

»Ja«, sagt der Z, ohne zu überlegen.

»Und kennst Du das fünfte Gebot?«

»Ja.«

»Bereust Du Deine Tat?«

»Ja«, meint der Z, »ich bereue sie sehr.«

Sie klang aber unecht, die Reue.

Der Präsident schneuzte sich.

Das Verhör wandte sich dem Mordtag zu.

Die Einzelheiten, die bereits jeder kannte, wurden abermals durchgekaut.

»Wir sind sehr früh fortmarschiert«, erzählt der Z zum hundertstenmal, »und sind dann bald in einer Schwarmlinie durch das Dickicht gegen einen Höhenzug vorgerückt, der von dem markierten Feinde gehalten wurde. In der Nähe der Höhlen traf ich zufällig den N. Es war auf einem Felsen. Ich hatte eine riesige Wut auf den N, weil er mein Kästchen erbrochen hat. Er hat es zwar geleugnet –«

»Halt!« unterbricht ihn der Präsident. »Der Herr Lehrer hat es hier in den Akten vor dem Untersuchungsrichter zu Protokoll gegeben, dass Du ihm gesagt hättest, der N hätte es Dir gestanden, dass er das Kästchen erbrochen hat.«

»Das hab ich nur so gesagt.«

»Warum?«

»Damit kein Verdacht auf mich fällt, wenn es herauskommt.«

»Aha. Weiter!«

»Wir gerieten also ins Raufen, ich und der N, und er warf mich fast den Felsen hinab – da wurde es mir rot vor den Augen, ich sprang wieder empor und warf ihm den Stein hinauf.«

»Auf dem Felsen?«

»Nein.«

»Sondern wo?«

»Das hab ich vergessen.«

Er lächelt.

Es ist nichts aus ihm herauszubekommen.

Er erinnert sich nicht mehr.

»Und wo setzt sie wieder ein, Deine Erinnerung?«

»Ich ging ins Lager zurück und schrieb es in mein Tagebuch hinein, dass ich mit dem N gerauft habe.«

»Ja, das ist die letzte Eintragung, aber Du hast den letzten Satz nicht zu Ende geschrieben.«

»Weil mich der Herr Lehrer gestört hat.«

»Was wollte er von Dir?«

»Ich weiss es nicht.«

»Nun, er wird es uns schon erzählen.«

Auf dem Gerichtstisch liegt das Tagebuch, ein Bleistift und ein Kompass. Und ein Stein.

Der Präsident fragt den Z, ob er den Stein wiedererkenne.

Der Z nickt ja.

»Und wem gehört der Bleistift, der Kompass?«

»Die gehören nicht mir.«

»Sie gehören dem unglücklichen N«, sagt der Präsident und blickt wieder in die Akten. »Doch nein! Nur der Bleistift gehört dem N! Warum sagst Du es denn nicht, dass der Kompass Dir gehört?«

Der Z wird rot.

»Ich hab es vergessen«, entschuldigt er sich leise.

Da erhebt sich der Verteidiger: »Herr Präsident, vielleicht gehört der Kompass wirklich nicht ihm.«

»Was wollen Sie damit sagen?«

»Damit will ich sagen, dass dieser fatale Kompass, der dem N nicht gehört, vielleicht auch dem Z nicht gehört, sondern vielleicht einer dritten Person. Bitte mal den Angeklagten zu fragen, ob wirklich niemand dritter dabei war, als die Tat geschah.«

Er setzt sich wieder, und der Z wirft einen kurzen, feindseligen Blick auf ihn.

»Es war keinerlei dritte Person dabei«, sagt er fest.

Da springt der Verteidiger auf: »Wieso erinnert er sich so fest daran, dass keine dritte Person dabei war, wenn er sich überhaupt nicht erinnern kann, wann, wie und wo die Tat verübt wurde?!«

Aber nun mischt sich auch der Staatsanwalt ins Gespräch. »Der Herr Verteidiger will anscheinend darauf hinaus«, meint er ironisch, »dass nicht der Angeklagte, sondern der grosse Unbekannte den Mord vollführte. Jawohl, der grosse Unbekannte – –«

»Ich weiss nicht«, unterbricht ihn der Verteidiger, »ob man ein verkommenes Mädchen, das eine Räuberbande organisierte, so ohne weiteres als eine grosse Unbekannte bezeichnen darf –«

»Das Mädel war es nicht«, fällt ihm der Staatsanwalt ins Wort, »sie wurde weiss Gott eingehend genug verhört, wir werden ja auch den Herrn Untersuchungsrichter als Zeugen hören – abgesehen davon, dass ja der Angeklagte die Tat glatt zugibt, er hat sie sogar sogleich zugegeben, was auch in gewisser Hinsicht für ihn spricht. Die Absicht der Verteidigung, die Dinge so hinzustellen, als hätte das Mädchen gemordet und als würde der Z sie nur decken, führt zu Hirngespinsten!«

»Abwarten!« lächelt der Verteidiger und wendet sich an den Z: »Steht es nicht schon in Deinem Tagebuch, sie nahm einen Stein und warf ihn nach mir – und wenn der mich getroffen hätte, dann wär ich jetzt hin?«

Der Z sieht ihn ruhig an. Dann macht er eine wegwerfende Geste.

»Ich hab übertrieben, es war nur ein kleiner Stein.«

Und plötzlich gibt er sich einen Ruck.

»Verteidigen Sie mich nicht mehr, Herr Doktor, ich möchte bestraft werden für das, was ich tat!«

»Und Deine Mutter?« schreit ihn sein Verteidiger an. »Denkst Du denn gar nicht an Deine Mutter, was die leidet?! Du weisst ja nicht, was Du tust!«

Der Z steht da und senkt den Kopf.

Dann blickt er auf seine Mutter. Fast forschend.

Alle schauen sie an, aber sie können nichts sehen vor lauter Schleier.

In der Wohnung

Vor Einvernahme der Zeugen schaltet der Präsident eine Pause ein. Es ist Mittag. Der Saal leert sich allmählich, der Angeklagte wird abgeführt. Staatsanwalt und Verteidiger blicken sich siegesgewiss an.

Ich gehe in den Anlagen vor dem Justizpalast spazieren.

Es ist ein trüber Tag, nass und kalt.

Die Blätter fallen – ja, es ist wieder Herbst geworden.

Ich biege um eine Ecke und halte fast.

Aber ich gehe gleich weiter.

Auf der Bank sitzt die Mutter des Z.

Sie rührt sich nicht.

Sie ist eine mittelgrosse Dame, fällt es mir ein.

Unwillkürlich grüsse ich. Sie dankt jedoch nicht.

Wahrscheinlich hat sie mich gar nicht gesehen.

Wahrscheinlich ist sie ganz anderswo – –

Die Zeit, in der ich an keinen Gott glaubte, ist vorbei. Heute glaube ich an ihn. Aber ich mag ihn nicht. Ich sehe ihn noch vor mir, wie er im Zeltlager mit dem kleinen R spricht und den Z nicht aus den Augen lässt. Er muss stechende, tückische Augen haben – kalt, sehr kalt. Nein, er ist nicht gut.

Warum lässt er die Mutter des Z so sitzen? Was hat sie denn getan? Kann sie für das, was ihr Sohn verbrach? Warum verurteilt er die Mutter, wenn er den Sohn verdammt? Nein, er ist nicht gerecht.

Ich will mir eine Zigarette anzünden.

Zu dumm, ich hab sie zu Hause vergessen!

Ich verlasse die Anlagen und suche ein Zigarettengeschäft.

In einer Seitenstrasse finde ich eines.

Es ist ein kleines Geschäft und gehört einem uralten Ehepaar. Es dauert lang, bis der Alte die Schachtel öffnet und die Alte zehn Zigaretten zählt. Sie stehen sich gegenseitig im Wege, sind aber freundlich zueinander.

Die Alte gibt mir zu wenig heraus und ich mache sie lächelnd darauf aufmerksam. Sie erschrickt sehr. »Gott behüt!« meint sie, und ich denke, wenn Dich Gott behütet, dann bist Du ja wohl geborgen.

Sie hat kein Kleingeld und geht hinüber zum Metzger wechseln.

Ich bleib mit dem Alten zurück und zünde mir eine Zigarette an.

Er fragt, ob ich einer vom Gericht wär, denn bei ihm kauften hauptsächlich Herren vom Gericht. Und schon fängt er auch mit dem Mordprozess an. Der Fall sei nämlich riesig interessant, denn da könnte man deutlich Gottes Hand darin beobachten.

Ich horche auf.

»Gottes Hand?«

»Ja«, sagt er, »denn in diesem Fall scheinen alle Beteiligten schuld zu sein. Auch die Zeugen, der Feldwebel, der Lehrer – und auch die Eltern.«

»Die Eltern?«

»Ja. Denn nicht nur die Jugend, auch die Eltern kümmern sich nicht mehr um Gott. Sie tun, als wär er gar nicht da.«

Ich blicke auf die Strasse hinaus.

Die Alte verlässt die Metzgerei und geht nach rechts zum Bäcker. Aha, der Metzger konnte auch nicht wechseln.

Es ist niemand auf der Strasse zu sehen, und plötzlich werde ich einen absonderlichen Gedanken nicht mehr los: es hat etwas zu bedeuten, denke ich, dass der Metzger nicht wechseln kann. Es hat etwas zu bedeuten, dass ich hier warten muss.

Ich sehe die hohen grauen Häuser und sage: »Wenn man nur wüsste, wo Gott wohnt.«

»Er wohnt überall, wo er nicht vergessen wurde«, höre

ich die Stimme des Alten. »Er wohnt auch hier bei uns, denn wir streiten uns nie.«

Ich halte den Atem an.

Was war das?

War das noch die Stimme des Alten?

Nein, das war nicht seine – das war eine andere Stimme.

Wer sprach da zu mir?

Ich dreh mich nicht um.

Und wieder höre ich die Stimme:

»Wenn Du als Zeuge aussagst und meinen Namen nennst, dann verschweige es nicht, dass Du das Kästchen erbrochen hast.«

Nein! Da werd ich doch nur bestraft, weil ich den Dieb nicht verhaften liess!

»Das sollst Du auch!«

Aber ich verliere auch meine Stellung, mein Brot –

»Du musst es verlieren, damit kein neues Unrecht entsteht.«

Und meine Eltern?! Ich unterstütze sie ja!

»Soll ich Dir Deine Kindheit zeigen?«

Meine Kindheit?

Die Mutter keift, der Vater schimpft. Sie streiten sich immer. Nein, hier wohnst Du nicht. Hier gehst Du nur vorbei, und Dein Kommen bringt keine Freude –

Ich möchte weinen.

»Sage es«, höre ich die Stimme, »sage es, dass Du das Kästchen erbrochen hast. Tu mir den Gefallen und kränke mich nicht wieder.«

Der Kompass

Der Prozess schreitet fort. Die Zeugen sind dran.

Der Waldarbeiter, die Gendarmen, der Untersuchungs-richter, der Feldwebel, sie habens schon hinter sich. Auch der Bäckermeister N und seine Gattin Elisabeth sagten schon, was sie wussten. Sie wussten alle nichts.

Der Bäckermeister brachte es nicht übers Herz, meine Ansicht über die Neger unerwähnt zu lassen. Er richtete heftige Vorwürfe gegen meine verdächtige Gesinnung, und der Präsident sah ihn missbilligend an, wagte es aber nicht, ihn zu unterbrechen.

Jetzt wird die Mutter des Z aufgerufen.

Sie erhebt sich und tritt vor.

Der Präsident setzt es ihr auseinander, dass sie sich ihrer Zeugenaussage entschlagen könnte, doch sie fällt ihm ins Wort, sie wolle aussagen.

Sie spricht, nimmt jedoch den Schleier nicht ab.

Sie hat ein unangenehmes Organ.

Der Z sei ein stilles, jedoch jähzorniges Kind, erzählt sie, und diesen Jähzorn hätte er von seinem Vater geerbt. Krank wäre er nie gewesen, nur so die gewöhnlichen harmlosen Kinderkrankheiten hätte er durchgemacht. Geistige Erkran-kungen wären in der Familie auch nicht vorgekommen, weder väterlicher- noch mütterlicherseits.

Plötzlich unterbricht sie sich selber und fragt: »Herr Präsident, darf ich an meinen Sohn eine Frage richten?«

»Bitte!«

Sie tritt an den Gerichtstisch, nimmt den Kompass in die Hand und wendet sich ihrem Sohne zu.

»Seit wann hast Du denn einen Kompass?« fragt sie und es klingt wie Hohn. »Du hast doch nie einen gehabt, wir haben uns ja noch gestritten vor Deiner Abreise ins Lager, weil Du sagtest, alle haben einen, nur ich nicht, und ich werde mich verirren ohne Kompass – woher hast Du ihn also?«

Der Z starrt sie an.

Sie wendet sich triumphierend an den Präsidenten: »Es ist nicht sein Kompass und den Mord hat der begangen, der diesen Kompass verloren hat!«

Der Saal murmelt und der Präsident fragt den Z: »Hörst Du, was Deine Mutter sagt?«

»Ja«, sagt er langsam. »Meine Mutter lügt.«

Der Verteidiger schnellt empor: »Ich beantrage, ein Fakultätsgutachten über den Geisteszustand des Angeklagten einzuholen!«

Der Präsident meint, das Gericht würde sich später mit diesem Antrag befassen.

Die Mutter fixiert den Z: »Ich lüge, sagst Du?«

»Ja.«

»Ich lüge nicht!« brüllt sie plötzlich los. »Nein, ich habe noch nie in meinem Leben gelogen, aber Du hast immer gelogen, immer! Ich sage die Wahrheit und nur die Wahrheit, aber Du willst doch nur dieses dreckige Weibsbild beschützen, dieses verkommene Luder!«

»Das ist kein Luder!«

»Halt den Mund!« kreischt die Mutter und wird immer hysterischer. »Du denkst eh immer nur an lauter solche elende Fetzen, aber nie denkst Du an Deine arme Mutter!«

»Das Mädel ist mehr wert wie Du!«

»Ruhe!« schreit der Präsident empört und verurteilt den Z wegen Zeugenbeleidigung zu zwei Tagen Haft. »Unerhört«, fährt er ihn an, »wie Du Deine eigene Mutter behandelst! Das lässt aber tief blicken!«

Jetzt verliert der Z seine Ruhe.

Der Jähzorn, den er von seinem Vater geerbt hat, bricht aus.

»Das ist doch keine Mutter!« schreit er. »Nie kümmert sie sich um mich, immer nur um ihre Dienstboten! Seit ich lebe, höre ich ihre ekelhafte Stimme, wie sie in der Küche die Mädchen beschimpft!«

»Er hat immer zu den Mädeln gehalten, Herr Präsident! Genau wie mein Mann!« Sie lacht kurz.

»Lach nicht Mutter!« herrscht sie der Sohn an. »Erinnerst Du Dich an die Thekla?!«

»An was für eine Thekla?!«

»Sie war fünfzehn Jahre alt, und Du hast sie seckiert, wo Du nur konntest! Bis elf Uhr nachts musste sie bügeln und morgens um halbfünf schon aufstehen, und zu fressen hat sie auch nichts bekommen! Und dann ist sie weg – erinnerst Du Dich?«

»Ja, sie hat gestohlen!«

»Um fort zu können! Ich war damals sechs Jahre alt und weiss es noch genau, wie der Vater nach Haus gekommen ist und gesagt hat, das arme Mädel ist erwischt worden, sie kommt in die Besserungsanstalt! Und daran warst Du schuld, nur Du!«

»Ich?!«

»Vater hat es auch gesagt!«

»Vater, Vater! Der hat vieles gesagt!«

»Vater hat nie gelogen! Ihr habt Euch damals entsetzlich gestritten und Vater schlief nicht zu Haus, erinnerst Du Dich? Und so ein Mädel wie die Thekla, so eines ist auch die Eva – genauso! Nein, Mutter, ich mag Dich nicht mehr!«

Es wurde sehr still im Saal.

Dann sagt der Präsident: »Ich danke, Frau Professor!«

Das Kästchen

Nun bin ich dran.

Es ist bereits dreiviertelfünf.

Ich werde als Zeuge vereidigt.

Ich schwöre bei Gott, nach bestem Gewissen die Wahrheit zu sagen und nichts zu verschweigen.

Jawohl, nichts zu verschweigen.

Während ich schwöre, wird der Saal unruhig.

Was gibts?

Ich dreh mich kurz um und erblicke Eva.

Sie setzt sich gerade auf die Zeugenbank, begleitet von einer Gefängnisbeamtin.

Ihre Augen wollt ich mal sehen, geht es mir durch den Sinn. Ich werde sie mir anschauen, sowie ich alles gesagt haben werde.

Jetzt komme ich nicht dazu.

Ich muss ihr den Rücken zeigen, denn vor mir steht das Kruzifix.

Sein Sohn.

Ich schiele nach dem Z.

Er lächelt.

Ob sie jetzt wohl auch lächelt – hinter meinem Rücken?

Ich beantworte die Fragen des Präsidenten. Er streift auch wieder die Neger – ja, wir verstehen uns. Ich stelle dem N ein gutes Zeugnis aus und ebenso dem Z. Beim Mord war ich nicht dabei. Der Präsident will mich schon entlassen, da falle ich ihm ins Wort: »Nur noch eine Kleinigkeit, Herr Präsident!«

»Bitte!«

»Jenes Kästchen, in welchem das Tagebuch des Z lag, erbrach nicht der N.«

»Nicht der N? Sondern?«

»Sondern ich. Ich war es, der das Kästchen mit einem Draht öffnete.«

Die Wirkung dieser Worte war gross.

Der Präsident liess den Bleistift fallen, der Verteidiger schnellte empor, der Z glotzte mich an mit offenem Munde, seine Mutter schrie auf, der Bäckermeister wurde bleich, wie Teig, und griff sich ans Herz.

Und Eva?

Ich weiss es nicht.

Ich fühle nur eine allgemeine ängstliche Unruhe hinter mir.

Es murrt, es tuschelt.

Der Staatsanwalt erhebt sich hypnotisiert und deutet langsam mit dem Finger nach mir. »Sie?!« fragt er gedehnt.

»Ja«, sage ich und wundere mich über meine Ruhe. Ich fühle mich wunderbar leicht.

Und erzähle nun alles.

Warum ich das Kästchen erbrach und weshalb ich es dem Z nicht sogleich gestand. Weil ich mich nämlich schämte, aber es war auch eine Feigheit dabei.

Ich erzähle alles.

Weshalb ich das Tagebuch las und warum ich keine gesetzlichen Konsequenzen zog, denn ich wollte einen Strich durch eine Rechnung ziehen. Einen dicken Strich. Durch eine andere Rechnung. Ja, ich war dumm!

Ich bemerke, dass der Staatsanwalt zu notieren beginnt, aber das stört mich nicht.

Alles, alles!

Erzähl nur zu!

Auch Adam und Eva. Und die finsteren Wolken und den Mann im Mond!

Als ich fertig bin, steht der Staatsanwalt auf.

»Ich mache den Herrn Zeugen darauf aufmerksam, dass er sich über die Konsequenzen seiner interessanten Aussage keinerlei Illusionen hingeben soll. Die Staatsanwaltschaft behält es sich vor, Anklage wegen Irreführung der Behörden und Diebstahlsbegünstigung zu erheben.«

»Bitte«, verbeuge ich mich leicht, »ich habe geschworen, nichts zu verschweigen.«

Da brüllt der Bäckermeister: »Er hat meinen Sohn am Gewissen, nur er!« Er bekommt einen Herzanfall und muss hinausgeführt werden. Seine Gattin hebt drohend den Arm: »Fürchten Sie sich«, ruft sie mir zu, »fürchten Sie sich vor Gott.«

Nein, ich fürchte mich nicht mehr vor Gott.

Ich spüre den allgemeinen Abscheu um mich herum.

Nur zwei Augen verabscheuen mich nicht.

Sie ruhen auf mir.

Still, wie die dunklen Seen in den Wäldern meiner Heimat.

Eva, bist Du schon der Herbst?

Vertrieben aus dem Paradies

Eva wird nicht vereidigt.

»Kennst Du das?« fragt sie der Präsident und hebt den Kompass hoch.

»Ja«, sagt sie, »das zeigt die Richtungen an.«

»Weisst Du, wem der gehört?«

»Mir nicht, aber ich kann es mir denken.«

»Schwindel nur nicht!«

»Ich schwindle nicht. Ich möchte jetzt genauso die Wahrheit sagen wie der Herr Lehrer.«

Wie ich?

Der Staatsanwalt lächelt ironisch.

Der Verteidiger lässt sie nicht aus den Augen.

»Also los!« meint der Präsident.

Und Eva beginnt:

»Als ich den Z in der Nähe unserer Höhle traf, kam der N daher.«

»Du warst also dabei?«

»Ja.«

»Und warum sagst Du das erst jetzt? Warum hast Du denn die ganze Untersuchung über gelogen, dass Du nicht dabei warst, wie der Z den N erschlug?!«

»Weil der Z nicht den N erschlug.«

»Nicht der Z?! Sondern?!«

Ungeheuer ist die Spannung. Alles im Saal beugt sich vor. Sie beugen sich über das Mädchen, aber das Mädchen wird nicht kleiner.

Der Z ist sehr blass.

Und Eva erzählt: »Der Z und der N rauften fürchterlich,

der N war stärker und warf den Z über den Felsen hinab. Ich dachte, jetzt ist er hin und ich wurde sehr wild und ich dachte auch, er kennt ja das Tagebuch und weiss alles von mir – ich nahm einen Stein, diesen Stein da, und lief ihm nach. Ich wollte ihm den Stein auf den Kopf schlagen, ja, ich wollte, aber plötzlich sprang ein fremder Junge aus dem Dikkicht, entriss mir den Stein und eilte dem N nach. Ich sah, wie er ihn einholte und mit ihm redete. Es war bei einer Lichtung. Den Stein hielt er noch immer in der Hand. Ich versteckte mich, denn ich hatte Angst, dass die beiden zurückkommen. Aber sie kamen nicht, sie gingen eine andere Richtung, der N zwei Schritt voraus. Auf einmal hebt der Fremde den Stein und schlägt ihn von hinten dem N auf den Kopf. Der N fiel hin und rührte sich nicht. Der Fremde beugte sich über ihn und betrachtete ihn, dann schleifte er ihn fort. In einen Graben. Er wusste es nicht, dass ich alles beobachtete. Ich lief dann zum Felsen zurück und traf dort den Z. Er tat sich nichts durch den Sturz, nur sein Rock war zerrissen und seine Hände waren zerkratzt.« – –

Der Verteidiger findet als erster seine Sprache wieder: »Ich stelle den Antrag, die Anklage gegen Z fallen zu lassen –«

»Moment, Herr Doktor«, unterbricht ihn der Präsident und wendet sich an den Z, der das Mädel immer noch entgeistert anstarrt. »Ist das wahr, was sie sagte?«

»Ja«, nickt leise der Z.

»Hast Du es denn auch gesehen, dass ein fremder Junge den N erschlug?«

»Nein, das habe ich nicht gesehen.«

»Na also!« atmet der Staatsanwalt erleichtert auf und lehnt sich befriedigt zurück.

»Er sah nur, dass ich den Stein erhob und dem N nachlief«, sagt Eva.

»Also warst Du es, die ihn erschlug«, konstatiert der Verteidiger.

Aber das Mädchen bleibt ruhig.

»Ich war es nicht.«

Sie lächelt sogar.

»Wir kommen noch darauf zurück«, meint der Präsident. »Ich möchte jetzt nur hören, warum Ihr das bis heute verschwiegen habt, wenn Ihr unschuldig seid. Nun?«

Die Beiden schweigen.

Dann beginnt wieder das Mädchen.

»Der Z hat es auf sich genommen, weil er gedacht hat, dass ich den N erschlagen hätt. Er hat es mir nicht glauben wollen, dass es ein anderer tat.«

»Und wir sollen es Dir glauben?«

Jetzt lächelt sie wieder.

»Ich weiss es nicht, es ist aber so –«

»Und Du hättest ruhig zugeschaut, dass er unschuldig verurteilt wird?«

»Ruhig nicht, ich hab ja genug geweint, aber ich hatte so Angst vor der Besserungsanstalt – und dann, dann hab ichs doch jetzt gesagt, dass er es nicht gewesen ist.«

»Warum erst jetzt?«

»Weil halt der Herr Lehrer auch die Wahrheit gesagt hat.«

»Sonderbar!« grinst der Staatsanwalt.

»Und wenn der Herr Lehrer nicht die Wahrheit gesagt hätte?« erkundigt sich der Präsident.

»Dann hätte auch ich geschwiegen.«

»Ich denke«, meint der Verteidiger sarkastisch, »Du liebst den Z. Die wahre Liebe ist das allerdings nicht.«

Man lächelt.

Eva blickt den Verteidiger gross an.

»Nein«, sagt sie leise, »ich liebe ihn nicht.«

Der Z schnellt empor.

»Ich hab ihn auch nie geliebt«, sagt sie etwas lauter und senkt den Kopf.

Der Z setzt sich langsam wieder und betrachtet seine rechte Hand.

Er wollte sie beschützen, aber sie liebt ihn nicht.

Er wollte sich für sie verurteilen lassen, aber sie liebte ihn nie.

Es war nur so –

An was denkt jetzt der Z?

Denkt er an seine ehemalige Zukunft?

An den Erfinder, den Postflieger?

Es war alles nur so –

Bald wird er Eva hassen.

Der Fisch

»Nun«, fährt der Präsident fort, Eva zu verhören, »Du hast also den N mit diesem Steine hier verfolgt?«

»Ja.«

»Und Du wolltest ihn erschlagen?«

»Aber ich tat es nicht!«

»Sondern?«

»Ich habs ja schon gesagt, es kam ein fremder Junge, der stiess mich zu Boden und lief mit dem Stein dem N nach.«

»Wie sah denn dieser fremde Junge aus?«

»Es ging alles so rasch, ich weiss es nicht –«

»Ach, der grosse Unbekannte!« spöttelt der Staatsanwalt.

»Würdest Du ihn wiedererkennen?« lässt der Präsident nicht locker.

»Vielleicht. Ich erinner mich nur, er hatte helle, runde Augen. Wie ein Fisch.«

Das Wort versetzt mir einen ungeheueren Hieb.

Ich springe auf und schreie: »Ein Fisch?!«

»Was ist Ihnen?« fragt der Präsident und wundert sich.

Alles staunt.

Ja, was ist mir denn nur?

Ich denke an einen illuminierten Totenkopf.

Es kommen kalte Zeiten, höre ich Julius Caesar, das Zeitalter der Fische. Da wird die Seele des Menschen unbeweglich, wie das Antlitz eines Fisches.

Zwei helle, runde Augen sehen mich an. Ohne Schimmer, ohne Glanz.

Es ist der T.

Er steht an dem offenen Grabe.

Er steht auch im Zeltlager und lächelt leise, überlegen spöttisch.

Hat er es schon gewusst, dass ich das Kästchen erbrochen hab?

Hat auch er das Tagebuch gekannt?

Hat er spioniert?

Ist er dem Z nachgeschlichen und dem N?

Er lächelt seltsam starr.

Ich rühre mich nicht.

Und wieder fragt der Präsident: »Was ist Ihnen?«

Soll ich es sagen, dass ich an den T denke?

Unsinn!

Warum sollte denn der T den N erschlagen haben?

Es fehlt doch jedes Motiv –

Und ich sage: »Verzeihung, Herr Präsident, aber ich bin etwas nervös.«

»Begreiflich!« grinst der Staatsanwalt.

Ich verlasse den Saal.

Ich weiss, sie werden den Z freisprechen und das Mädel verurteilen. Aber ich weiss auch, es wird sich alles ordnen.

Morgen oder übermorgen wird die Untersuchung gegen mich eingeleitet werden. Wegen Irreführung der Behörde und Diebstahlsbegünstigung.

Man wird mich vom Lehramt suspendieren.

Ich verliere mein Brot.

Aber es schmerzt mich nicht.

Was werd ich fressen?

Komisch, ich hab keine Sorgen.

Die Bar fällt mir ein, in der ich Julius Caesar traf.

Sie ist nicht teuer.

Aber ich besaufe mich nicht.

Ich geh heim und leg mich nieder.

Ich hab keine Angst mehr vor meinem Zimmer.

Wohnt er jetzt auch bei mir?

Er beisst nicht an

Richtig, im Morgenblatt steht es bereits!

Der Z wurde nur wegen Irreführung der Behörden und Diebstahlsbegünstigung unter Zubilligung mildernder Umstände zu einer kleinen Freiheitsstrafe verurteilt, aber gegen das Mädchen erhob der Staatsanwalt die Anklage wegen Verbrechens des meuchlerischen Mordes.

Der neue Prozess dürfte in drei Monaten stattfinden.

Das verkommene Geschöpf hat zwar hartnäckig ihre Unschuld beteuert, schreibt der Gerichtssaalberichterstatter, aber es war wohl niemand zugegen, der ihrem Geschrei irgendwelchen Glauben geschenkt hat. Wer einmal lügt, lügt bekanntlich auch zweimal! Selbst der Angeklagte Z reichte ihr am Ende der Verhandlung nicht mehr die Hand, als sie sich von der Gefängnisbeamtin losriss, zu ihm hinstürzte und ihn um Verzeihung bat, dass sie ihn nie geliebt hätte!

Aha, er hasst sie bereits!

Jetzt ist sie ganz allein.

Ob sie noch immer schreit?

Schrei nicht, ich glaube Dir –

Warte nur, ich werde den Fisch fangen.

Aber wie?

Ich muss mit ihm sprechen, und zwar so bald wie möglich!

Mit der Morgenpost erhielt ich bereits ein Schreiben von der Aufsichtsbehörde: ich darf das Gymnasium nicht mehr betreten, solange die Untersuchung gegen mich läuft.

Ich weiss, ich werde es nie mehr betreten, denn man wird mich glatt verurteilen. Und zwar ohne Zubilligung mildernder Umstände.

Aber das geht mich jetzt nichts an!

Denn ich muss einen Fisch fangen, damit ich sie nicht mehr schreien höre.

Meine Hausfrau bringt das Frühstück und benimmt sich

scheu. Sie hat meine Zeugenaussage in der Zeitung gelesen und der Wald rauscht. Die Mitarbeiter schreiben: »Der Lehrer als Diebshelfer« – und einer schreibt sogar, ich wäre ein geistiger Mörder.

Keiner nimmt meine Partei.

Gute Zeiten für den Herrn Bäckermeister N, falls ihn heut nacht nicht der Teufel geholt hat! –

Mittags stehe ich in der Nähe des Gymnasiums, das ich nicht mehr betreten darf, und warte auf Schulschluss.

Endlich verlassen die Schüler das Haus.

Auch einige Kollegen.

Sie können mich nicht sehen.

Und jetzt kommt der T.

Er ist allein und biegt nach rechts ab.

Ich gehe ihm langsam entgegen.

Er erblickt mich und stutzt einen Augenblick.

Dann grüsst er und lächelt.

»Gut, dass ich Dich treffe«, spreche ich ihn an, »denn ich hätte Verschiedenes mit Dir zu besprechen.«

»Bitte«, verbeugt er sich höflich.

»Doch hier auf der Strasse ist zuviel Lärm, komm, gehen wir in eine Konditorei, ich lade Dich ein auf ein Eis!«

»Oh, danke!«

Wir sitzen in der Konditorei.

Der Fisch bestellt sich Erdbeer und Zitrone.

Er löffelt das Eis.

Selbst wenn er frisst, lächelt er, stelle ich fest.

Und plötzlich überfalle ich ihn mit dem Satz: »Ich muss mit Dir über den Mordprozess sprechen.«

Er löffelt ruhig weiter.

»Schmeckts?«

»Ja.«

Wir schweigen.

»Sag mal«, beginne ich wieder, »glaubst Du, dass das Mädel den N erschlagen hat?«

»Ja.«

»Du glaubst es also nicht, dass es ein fremder Junge tat?«

»Nein. Das hat sie nur erfunden, um sich herauszulügen.«

Wir schweigen wieder.

Plötzlich löffelt er nicht mehr weiter und sieht mich misstrauisch an: »Was wollen Sie eigentlich von mir, Herr Lehrer?«

»Ich dachte«, sage ich langsam und blicke in seine runden Augen, »dass Du es vielleicht ahnen wirst, wer jener fremde Junge war.«

»Wieso?«

Ich wage es und lüge: »Weil ich es weiss, dass Du immer spionierst.«

»Ja«, sagt er ruhig, »ich habe verschiedenes beobachtet.«

Jetzt lächelt er wieder.

Wusste er es, dass ich das Kästchen erbrochen hab?

Und ich frage: »Hast Du das Tagebuch gelesen?«

Er fixiert mich: »Nein. Aber ich habe Sie, Herr Lehrer, beobachtet, wie Sie sich fortgeschlichen haben und dem Z und dem Mädel zugeschaut haben —«

Es wird mir kalt.

Er beobachtet mich.

»Sie haben mir damals ins Gesicht gelangt, denn ich stand hinter Ihnen. Sie sind furchtbar erschrocken, aber ich hab keine Angst, Herr Lehrer.«

113

Er löffelt wieder ruhig sein Eis.

Und es fällt mir plötzlich auf, dass er sich an meiner Verwirrung gar nicht weidet. Er wirft nur manchmal einen lauernden Blick auf mich, als würde er etwas registrieren.

Komisch, ich muss an einen Jäger denken.

An einen Jäger, der kühl zielt und erst dann schiesst, wenn er sicher trifft.

Der keine Lust dabei empfindet.

Aber warum jagt er denn dann?

Warum, warum?

»Hast Du Dich eigentlich mit dem N vertragen?«

»Ja, wir standen sehr gut.«

Wie gerne möchte ich ihn nun fragen: und warum hast Du ihn denn dann erschlagen? Warum, warum?!

»Sie fragen mich, Herr Lehrer«, sagt er plötzlich, »als hätte ich den N erschlagen. Als wär ich der fremde Junge, wo Sie doch wissen, dass niemand weiss, wie der aussah, wenn es ihn überhaupt gegeben hat. Selbst das Mädel weiss ja nur, dass er Fischaugen gehabt hat –«

Und Du? denke ich.

»– und ich hab doch keine Fischaugen, sondern ich hab helle Rehaugen, meine Mama sagts auch und überhaupt alle. Warum lächeln Sie, Herr Lehrer? Viel eher, wie ich, haben Sie Fischaugen –«

»Ich?!«

»Wissen Sie denn nicht, Herr Lehrer, was Sie in der Schule für einen Spitznamen haben? Haben Sie ihn nie gehört? Sie heissen der Fisch.«

Er nickt mir lächelnd zu.

»Ja, Herr Lehrer, weil Sie nämlich immer so ein unbewegliches Gesicht haben. Man weiss nie, was Sie denken und ob Sie sich überhaupt um einen kümmern. Wir sagen immer, der Herr Lehrer beobachtet nur, da könnt zum Beispiel jemand auf der Strasse überfahren worden sein, er würde nur beobachten, wie der Überfahrene da liegt, nur damit ers genau weiss, und er tät nichts dabei empfinden, auch wenn der draufging –«

Er stockt plötzlich, als hätte er sich verplappert, und wirft einen erschrockenen Blick auf mich, aber nur den Bruchteil einer Sekunde lang.

Warum?

Aha, Du hast den Haken schon im Maul gehabt, hast es Dir aber wieder überlegt.

Du wolltest schon anbeissen, da merktest Du die Schnur.

Jetzt schwimmst Du in Dein Meer zurück.

Du hängst noch nicht, aber Du hast Dich verraten.

Warte nur, ich fange Dich!

Er erhebt sich: »Ich muss jetzt heim, das Essen wartet, und wenn ich zu spät komm, krieg ich einen Krach.«

Er bedankt sich für das Eis und geht.

Ich sehe ihm nach und höre das Mädchen schreien.

Fahnen

Als ich am nächsten Tage erwachte, wusste ich, dass ich viel geträumt hatte. Ich wusste nur nicht mehr, was.

Es war ein Feiertag.

Man feierte den Geburtstag des Oberplebejers.

Die Stadt hing voller Fahnen und Transparente.

Durch die Strassen marschierten die Mädchen, die den verschollenen Flieger suchen, die Jungen, die alle Neger sterben lassen, und die Eltern, die die Lügen glauben, die auf den Transparenten stehen. Und die sie nicht glauben, marschieren ebenfalls mit. Divisionen der Charakterlosen unter dem Kommando von Idioten. Im gleichen Schritt und Tritt.

Sie singen von einem Vögelchen, das auf einem Heldengrabe zwitschert, von einem Soldaten, der im Gas erstickt, von den schwarzbraunen Mädchen, die den zuhausegebliebenen Dreck fressen, und von einem Feinde, den es eigentlich gar nicht gibt.

So preisen die Schwachsinnigen und Lügner den Tag, an dem der Oberplebejer geboren ward.

Und wie ich so denke, konstatierte ich mit einer gewissen Befriedigung, dass auch aus meinem Fenster ein Fähnchen flattert.

Ich hab es bereits gestern abend hinausgehängt.

Wer mit Verbrechern und Narren zu tun hat, muss verbrecherisch und närrisch handeln, sonst hört er auf. Mit Haut und Haar.

Er muss sein Heim beflaggen, auch wenn er kein Heim mehr hat.

Wenn kein Charakter mehr geduldet wird, sondern nur der Gehorsam, geht die Wahrheit, und die Lüge kommt.

Die Lüge, die Mutter aller Sünden.

Fahnen heraus!

Lieber Brot, als tot! –

So dachte ich, als es mir plötzlich einfiel: was denkst Du da? Hast Du es denn vergessen, dass Du vom Lehramt suspendiert bist? Du hast doch keinen Meineid geschworen und hast es gesagt, dass Du das Kästchen erbrochen hast. Häng nur Deine Fahne hinaus, huldige dem Oberplebejer, krieche im Staub vor dem Dreck und lüge, was Du kannst – es bleibt dabei! Du hast dein Brot verloren!

Vergiss es nicht, dass Du mit einem höheren Herrn gesprochen hast!

Du lebst noch im selben Haus, aber in einem höheren Stock.

Auf einer anderen Ebene, in einer anderen Wohnung.

Merkst Du es denn nicht, dass Dein Zimmer kleiner geworden ist? Auch die Möbel, der Schrank, der Spiegel –

Du kannst Dich noch sehen im Spiegel, er ist immer noch gross genug – gewiss, gewiss! Du bist auch nur ein Mensch, der möchte, dass seine Krawatte richtig sitzt.

Doch sieh mal zum Fenster hinaus!

Wie entfernt ist alles geworden! Wie winzig sind plötzlich die grossen Gebieter und wie arm die reichen Plebejer! Wie lächerlich!

Wie verwaschen die Fahnen!

Kannst Du die Transparente noch lesen?

Nein.

Hörst Du noch das Radio?

Kaum.

Das Mädchen müsste gar nicht so schreien, damit sie es übertönt.

Sie schreit auch nicht mehr.

Sie weint nur leise.

Aber sie übertönt alles.

Einer von fünf

Ich putz mir gerade die Zähne, als meine Hausfrau erscheint.

»Es ist ein Schüler draussen, der Sie sprechen möcht.«

»Einen Moment!«

Die Hausfrau geht, und ich ziehe meinen Morgenrock an.

Ein Schüler? Was will er?

Ich muss an den T denken.

Den Morgenrock hab ich zu Weihnachten bekommen. Von meinen Eltern. Sie sagten schon immer: »Du kannst doch nicht ohne Morgenrock leben!«

Er ist grün und lila.

Meine Eltern haben keinen Farbensinn.

Es klopft.

»Herein!«

Der Schüler tritt ein und verbeugt sich.

Ich erkenne ihn nicht sogleich – richtig – das ist der eine B!

Ich hatte fünf B's in der Klasse, aber dieser B fiel mir am wenigsten auf. Was will er? Wie kommt es, dass er draussen nicht mitmarschiert?

»Herr Lehrer«, beginnt er, »ich hab es mir lange überlegt, ob es vielleicht wichtig ist – ich glaube, ich muss es sagen.«

»Was?«

»Es hat mir keine Ruh gelassen, die Sache mit dem Kompass.«

»Ja, ich hab es nämlich in der Zeitung gelesen, dass bei dem toten N ein Kompass gefunden worden ist, von dem niemand weiss, wem er gehört –«

»Na und?«

»Ich weiss, wer den Kompass verloren hat.«

»Wer?!«

»Der T.«

Der T?! durchzuckt es mich.

Schwimmst Du wieder heran?

Taucht Dein Kopf aus den finsteren Wassern auf – siehst Du das Netz?

Er schwimmt, er schwimmt – –

»Woher weisst Du es, dass der Kompass dem T gehört?« frage ich den B und befleissige mich, gleichgültig zu scheinen.

»Weil er ihn überall gesucht hat, wir schliefen nämlich im selben Zelt.«

»Du willst doch nicht sagen, dass der T mit dem Mord irgendwas zu tun hat?«

Er schweigt und blickt in die Ecke.

Ja, er will es sagen.

»Du traust das dem T zu?«

Er sieht mich gross an, fast erstaunt.

»Ich traue jedem alles zu«, sagt er.

»Aber doch nicht einen Mord!«

»Warum nicht?«

Er lächelt – nein, nicht spöttisch. Eher traurig.

»Aber warum hätte denn der T den N ermorden sollen, warum? Es fehlt doch jedes Motiv!«

»Der T sagte immer, der N sei sehr dumm.«

»Aber das wär doch noch kein Grund!«

»Das noch nicht. Aber wissen Sie, Herr Lehrer, der T ist entsetzlich wissbegierig, immer möcht er alles genau wissen, wie es wirklich ist, und er hat mir mal gesagt, er möcht es gern sehen, wie einer stirbt.«

»Was?!«

»Ja, er möcht es sehen, wie das vor sich geht – er hat auch immer davon phantasiert, dass er mal zuschauen möcht, wenn ein Kind auf die Welt kommt.«

Ich trete ans Fenster, ich kann momentan nichts reden.

Draussen marschieren sie noch immer, die Eltern und die Kinder.

Und es fällt mir plötzlich wieder auf, wieso dieser B hier bei mir ist.

»Warum marschierst Du eigentlich nicht mit?« frage ich ihn. »Das ist doch Deine Pflicht!«

Er grinst. »Ich habe mich krankgemeldet.«

Unsere Blicke treffen sich. Verstehen wir uns?

»Ich verrate Dich nicht«, sage ich.

»Das weiss ich«, sagt er.

Was weisst Du? denke ich.

»Ich mag nicht mehr marschieren und das Herumkommandiertwerden kann ich auch nicht mehr ausstehen, da schreit Dich ein jeder an, nur weil er zwei Jahre älter ist! Und dann die faden Ansprachen, immer dasselbe, lauter Blödsinn!«

Ich muss lächeln.

»Hoffentlich bist Du der einzige in der Klasse, der so denkt!«

»Oh nein! Wir sind schon zu viert!«

Zu viert? Schon?

Und seit wann?

»Erinnern Sich sich, Herr Lehrer, wie Sie damals die Sache über die Neger gesagt haben, noch im Frühjahr vor unserem Zeltlager? Damals haben wir doch alle unterschrieben, dass wir Sie nicht mehr haben wollen – aber ich tats

120

nur unter Druck, denn Sie haben natürlich sehr recht gehabt mit den Negern. Und dann allmählich fand ich noch drei, die auch so dachten.«

»Wer sind denn die drei?«

»Das darf ich nicht sagen. Das verbieten mir unsere Satzungen.«

»Satzungen?«

»Ja, wir haben nämlich einen Klub gegründet. Jetzt sind noch zwei dazugekommen, aber das sind keine Schüler. Der eine ist ein Bäckerlehrling und der andere ein Laufbursch.«

»Einen Klub?«

»Wir kommen wöchentlich zusammen und lesen alles, was verboten ist.«

»Aha!«

Wie sagte Julius Caesar?

Sie lesen heimlich alles, aber nur, um es verspotten zu können.

Ihr Ideal ist der Hohn, es kommen kalte Zeiten.

Und ich frage den B:

»Und dann sitzt Ihr beieinander in Euerem Klub und spöttelt über alles, was?«

»Oho! Spötteln ist bei uns streng verboten nach Paragraph drei! Es gibt schon solche, die immer nur alles verhöhnen, zum Beispiel der T, aber wir sind nicht so, wir kommen zusammen und besprechen dann alles, was wir gelesen haben.«

»Und?«

»Und dann reden wir halt, wie es sein sollte auf der Welt.«

Ich horche auf.

Wie es sein sollte?

Ich sehe den B an und es fällt mir der Z ein.

Er sagt zum Präsidenten: »Der Herr Lehrer sagt immer nur, wie es auf der Welt sein sollte, und nie, wie es wirklich ist.«

Und ich sehe den T.

Was sagte Eva in der Verhandlung?

»Der N fiel hin. Der fremde Junge beugte sich über den N und betrachtete ihn. Dann schleifte er ihn in den Graben.«

Und was sagte vorhin der B?

»Der T möchte immer nur wissen, wie es wirklich ist.«

Warum?

Nur um alles verhöhnen zu können?

Ja, es kommen kalte Zeiten. –

»Ihnen, Herr Lehrer«, höre ich wieder die Stimme des B, »kann man ja ruhig alles sagen. Drum komme ich jetzt auch mit meinem Verdacht zu Ihnen, um es mit Ihnen zu beraten, was man tun soll.«

»Warum gerade mit mir?«

»Wir haben es gestern im Klub alle gesagt, als wir Ihre Zeugenaussage mit dem Kästchen in der Zeitung gelesen haben, dass Sie der einzige Erwachsene sind, den wir kennen, der die Wahrheit liebt.«

Der Klub greift ein

Heute gehe ich mit dem B zum zuständigen Untersuchungsrichter. Gestern war nämlich sein Büro wegen des Staatsfeiertages geschlossen.

Ich erzähle dem Untersuchungsrichter, dass es der B möglicherweise wüsste, wem jener verlorene Kompass gehört – doch er unterbricht mich höflich, die Sache mit dem Kompass hätte sich bereits geklärt. Es wäre einwandfrei festgestellt worden, dass der Kompass dem Bürgermeister des Dorfes, in dessen Nähe wir unser Zeltlager hatten, gestohlen worden war. Wahrscheinlich hätte ihn das Mädchen verloren, und wenn nicht sie, dann eben einer von ihrer Bande, vielleicht auch schon bei einer früheren Gelegenheit, als er mal an dem damals noch zukünftigen Tatort zufällig vorbeigegangen wäre, denn der Tatort wäre ja in der Nähe der Räuberhöhle gelegen. Der Kompass spiele keine Rolle mehr.

Wir verabschieden uns also wieder, und der B schneidet ein enttäuschtes Gesicht.

Er spielt keine Rolle mehr? denke ich. Hm, ohne diesen Kompass wäre doch dieser B niemals zu mir gekommen.

Es fällt mir auf, dass ich anders denke als früher.

Ich erwarte überall Zusammenhänge.

Alles spielt eine Rolle.

Ich fühle ein unbegreifliches Gesetz. –

Auf der Treppe begegnen wir dem Verteidiger.

Er begrüsst mich lebhaft.

»Ich wollte Ihnen bereits schriftlich danken«, sagt er, »denn nur durch Ihre schonungslose und unerschrockene Aussage wurde es mir möglich gemacht, diese Tragödie zu klären!«

Er erwähnt noch kurz, dass der Z von seiner Verliebtheit bereits radikal kuriert sei, und dass das Mädchen hysterische Krämpfe bekommen hätte und nun im Gefängnisspital liege. »Armer Wurm!« fügt er noch rasch hinzu und eilt davon, um neue Tragödien zu klären.

Ich sehe ihm nach.

»Das Mädel tut mir leid«, höre ich plötzlich die Stimme des B.

»Mir auch.«

Wir steigen die Treppen hinab.

»Man müsste ihr helfen«, sagt der B.

»Ja«, sage ich und denke an ihre Augen.

Und an die stillen Seen in den Wäldern meiner Heimat.

Sie liegt im Spital.

Und auch jetzt ziehen die Wolken über sie hin, die Wolken mit den silbernen Rändern.

Nickte sie mir nicht zu, bevor sie die Wahrheit sprach?

Und was sagte der T? Sie ist die Mörderin, sie will sich nur herauslügen –

Ich hasse den T.

Plötzlich halte ich.

»Ist es wahr«, frage ich den B, »dass ich bei Euch den Spitznamen hab: der Fisch?«

»Aber nein! Das sagt nur der T – Sie haben einen ganz anderen!«

»Welchen?«

»Sie heissen: der Neger.«

Er lacht und ich lach mit.

Wir steigen weiter hinab.

Auf einmal wird er wieder ernst.

»Herr Lehrer«, sagt er, »glauben Sie nicht auch, dass es der T war, auch wenn ihm der verlorene Kompass nicht gehört?«

Ich halte wieder.

Was soll ich sagen?

Soll ich sagen: möglich, vielleicht, unter Umständen –?

Und ich sage:

»Ja. Ich glaube auch, dass er es war.«

Die Augen des B leuchten.

»Er war es auch«, ruft er begeistert, »und wir werden ihn fangen!«

»Hoffentlich!«

»Ich werde im Klub einen Beschluss durchdrücken, dass der Klub dem Mädel helfen soll! Nach Paragraph sieben sind wir ja nicht nur dazu da, um Bücher zu lesen, sondern auch, um danach zu leben.«

Und ich frage ihn: »Was ist denn Euer Leitsatz?«

»Für Wahrheit und Gerechtigkeit!«

Er ist ganz ausser sich vor Tatendrang.

Der Klub wird den T beobachten, auf Schritt und Tritt, Tag und Nacht, und wird mir jeden Tag Bericht erstatten.

»Schön«, sage ich und muss lächeln.

Auch in meiner Kindheit spielten wir Indianer.

Aber jetzt ist der Urwald anders.

Jetzt ist er wirklich da.

Zwei Briefe

Am nächsten Morgen bekomme ich einen entsetzten Brief von meinen Eltern. Sie sind ganz ausser sich, dass ich meinen Beruf verlor. Ob ich denn nicht an sie gedacht hätte, als ich ganz überflüssig die Sache mit dem Kästchen erzählte, und warum ich sie denn überhaupt erzählt hätte?!

Ja, ich habe an Euch gedacht. Auch an Euch.

Beruhigt Euch nur, wir werden schon nicht verhungern!

»Wir haben die ganze Nacht nicht geschlafen«, schreibt meine Mutter, »und haben über Dich nachgedacht.«

So?

»Mit was haben wir das verdient?« fragt mein Vater.

Er ist ein pensionierter Werkmeister und ich muss jetzt an Gott denken.

Ich glaube, er wohnt noch immer nicht bei ihnen, obwohl sie jeden Sonntag in die Kirche gehen.

Ich setze mich und schreibe meinen Eltern.

»Liebe Eltern! Macht Euch keine Sorgen, Gott wird schon helfen« –

Ich stocke. Warum?

Sie wussten es, dass ich nicht an ihn glaubte, und jetzt werden sie denken: schau, jetzt schreibt er von Gott, weil es ihm schlechtgeht!

Aber das soll niemand denken!

Nein, ich schäme mich –

Ich zerreisse den Brief.

Ja, ich bin noch stolz!

Und den ganzen Tag über will ich meinen Eltern schreiben.

Aber ich tu es nicht.

Immer wieder fange ich an, aber ich bringe es nicht über das Herz, das Wort Gott niederzuschreiben.

Der Abend kommt und ich bekomme plötzlich wieder Angst vor meiner Wohnung.

Sie ist so leer.

Ich gehe fort.

Ins Kino?

Nein.

Ich gehe in die Bar, die nicht teuer ist.

Dort treffe ich Julius Caesar, es ist sein Stammlokal.

Er freut sich ehrlich, mich zu sehen.

»Es war anständig von Ihnen, das mit dem Kästchen zu sagen, hochanständig! Ich hätts nicht gesagt! Respekt, Respekt!«

Wir trinken und sprechen über den Prozess.

Ich erzähle vom Fisch –

Er hört mir aufmerksam zu.

»Natürlich ist der Fisch derjenige«, meint er. Und dann lächelt er: »Wenn ich Ihnen behilflich sein kann, ihn zu fangen, stehe ich Ihnen gerne zur Verfügung, denn auch ich habe meine Verbindungen –«

Ja, die hat er allerdings.

Immer wieder wird unser Gespräch gestört. Ich sehe, dass Julius Caesar ehrfürchtig gegrüsst wird, viele kommen zu ihm und holen sich Rat, denn er ist ein wissender und weiser Mann.

Es ist alles Unkraut.

Ave Caesar, morituri te salutant!

Und in mir erwacht plötzlich die Sehnsucht nach der Verkommenheit. Wie gerne möchte ich auch einen Totenkopf als Krawattennadel haben, den man illuminieren kann!

»Passen Sie auf Ihren Brief auf!« ruft mir Caesar zu. »Er fällt Ihnen aus der Tasche!«

Ach so, der Brief!

Caesar erklärt gerade einem Fräulein die neuen Paragraphen des Gesetzes für öffentliche Sittlichkeit.

Ich denke an Eva.

Wie wird sie aussehen, wenn sie so alt sein wird wie dieses Fräulein?

Wer kann ihr helfen?

Ich setze mich an einen anderen Tisch und schreibe meinen Eltern.

»Macht Euch keine Sorgen, Gott wird schon helfen!«

Und ich zerreisse den Brief nicht wieder.

Oder schrieb ich ihn nur, weil ich getrunken habe?

Egal!

Herbst

Am nächsten Tag überreicht mir meine Hausfrau ein Kuvert, ein Laufbursche hätte es abgegeben.

Es ist ein blaues Kuvert, ich erbreche es und muss lächeln.

Die Überschrift lautet:

»Erster Bericht des Klubs.«

Und dann steht da:

»Nichts Besonderes vermerkt.«

Jaja, der brave Klub! Er kämpft für Wahrheit und Gerechtigkeit, kann aber nichts besonderes vermerken!

Auch ich vermerke nichts.

Was soll man nur tun, damit sie nicht verurteilt wird?

Immer denke ich an sie –

Liebe ich denn das Mädel?

Ich weiss es nicht.

Ich weiss nur, dass ich ihr helfen möchte –

Ich hatte viele Weiber, denn ich bin kein Heiliger und die Weiber sind auch keine Heiligen.

Aber nun liebe ich anders.

Bin ich denn nicht mehr jung?

Ist es das Alter?

Unsinn! Es ist doch noch Sommer.

Und ich bekomme jeden Tag ein blaues Kuvert: zweiter, dritter, vierter Bericht des Klubs.

Es wird nichts besonderes vermerkt.

Und die Tage vergehen –

Die Äpfel sind schon reif und nachts kommen die Nebel.

Das Vieh kehrt heim, das Feld ist kahl –

Ja, es ist noch Sommer, aber man wartet schon auf den Schnee.

Ich möchte ihr helfen, damit sie nicht friert.

Ich möchte ihr einen Mantel kaufen, Schuhe und Wäsche.

Sie braucht es nicht vor mir auszuziehen –

Ich möchte nur wissen, ob der Schnee kommen kann.

Noch ist alles grün.

Aber sie muss nicht bei mir sein.

Wenns ihr nur gut geht.

Besuch

Heute vormittag bekam ich Besuch. Ich habe ihn nicht sogleich wiedererkannt, es war der Pfarrer, mit dem ich mich mal über die Ideale der Menschheit unterhalten hatte.

Er trat ein und trug Zivil, dunkelgraue Hose und einen blauen Rock. Ich stutzte. Ist er weggelaufen?

»Sie wundern sich«, lächelt er, »dass ich Zivil trage, aber

das trage ich meistens, denn ich stehe zu einer besonderen Verfügung – kurz und gut: meine Strafzeit ist vorbei, doch reden wir mal von Ihnen! Ich habe Ihre tapfere Aussage in den Zeitungen gelesen und wäre schon früher erschienen, aber ich musste mir erst Ihre Adresse beschaffen. Übrigens: Sie haben sich stark verändert, ich weiss nicht wieso, aber irgendwas ist anders geworden. Richtig, Sie sehen viel heiterer aus!«

»Heiterer?«

»Ja. Sie dürfen auch froh sein, dass Sie das mit dem Kästchen gesagt haben, auch wenn Sie jetzt die halbe Welt verleumdet. Ich habe oft an Sie gedacht, obwohl oder weil Sie mir damals sagten, Sie glaubten nicht an Gott. Inzwischen werden Sie ja wohl angefangen haben, etwas anders über Gott zu denken –«

Was will er? denke ich und betrachte ihn misstrauisch.

»Ich hätte Ihnen etwas Wichtiges mitzuteilen, aber zunächst beantworten Sie mir, bitte, zwei Fragen. Also erstens: Sie sind sich wohl im klaren darüber, dass Sie, selbst wenn die Staatsanwaltschaft das Verfahren gegen Sie niederschlagen sollte, nie wieder an irgendeiner Schule dieses Landes unterrichten werden?«

»Ja, darüber war ich mir schon im klaren, bevor ich die Aussage machte.«

»Das freut mich! Und nun zweitens: wovon wollen Sie jetzt leben? Ich nehme an, dass Sie keine Sägewerksaktien besitzen, da Sie sich ja damals so heftig für die Heimarbeiter einsetzten, für die Kinder in den Fenstern – erinnern Sie sich?«

Ach, die Kinder in den Fenstern! Die hatte ich ja ganz vergessen!

Und das Sägewerk, das nicht mehr sägt –

Wie weit liegt das alles zurück!

Wie in einem anderen Leben – –

Und ich sage: »Ich habe nichts. Und ich muss auch meine Eltern unterstützen.«

Er sieht mich gross an und sagt dann nach einer kleinen Pause: »Ich hätte ein Stellung für Sie.«

»Was?! Eine Stellung?!«

»Ja, aber in einem anderen Land.«

»Wo?«

»In Afrika.«

»Bei den Negern?« Es fällt mir ein, dass ich »der Neger« heisse, und ich muss lachen.

Er bleibt ernst.

»Warum finden Sie das so komisch? Neger sind auch nur Menschen!«

Wem erzählen Sie das? möchte ich ihn fragen, aber ich sage nichts dergleichen, sondern höre es mir an, was er mir vorschlägt: ich könnte Lehrer werden, und zwar in einer Missionsschule.

»Ich soll in einen Orden eintreten?«

»Das ist nicht notwendig.«

Ich überlege. Heute glaube ich an Gott, aber ich glaube nicht daran, dass die Weissen die Neger beglücken, denn sie bringen ihnen Gott als schmutziges Geschäft.

Und ich sage es ihm.

Er bleibt ganz ruhig.

»Das hängt lediglich von Ihnen ab, ob Sie Ihre Sendung missbrauchen, um schmutzige Geschäfte machen zu können.«

Ich horche auf.

131

Sendung?

»Jeder Mensch hat eine Sendung«, sagt er.

Richtig!

Ich muss einen Fisch fangen.

Und ich sage dem Pfarrer, ich werde nach Afrika fahren, aber nur dann, wenn ich das Mädchen befreit haben werde.

Er hört mir aufmerksam zu.

Dann sagt er:

»Wenn Sie glauben zu wissen, dass der fremde Junge es tat, dann müssen Sie es seiner Mutter sagen. Die Mutter muss alles hören. Gehen Sie gleich zu ihr hin« – –

Die Endstation

Ich fahre zur Mutter des T.

Der Pedell im Gymnasium gab mir die Adresse. Er verhielt sich sehr reserviert, denn ich hätte ja das Haus nicht betreten dürfen.

Ich werde es nie mehr betreten, ich fahre nach Afrika.

Jetzt sitze ich in der Strassenbahn.

Ich muss bis zur Endstation.

Die schönen Häuser hören allmählich auf und dann kommen die hässlichen. Wir fahren durch arme Strassen und erreichen das vornehme Villenviertel.

»Endstation!« ruft der Schaffner. »Alles aussteigen!«

Ich bin der einzige Fahrgast.

Die Luft ist hier bedeutend besser als dort, wo ich wohne.

Wo ist Nummer dreiundzwanzig?

Die Gärten sind gepflegt. Hier gibts keine Gartenzwerge. Kein ruhendes Reh und keinen Pilz.

Endlich hab ich dreiundzwanzig.

Das Tor ist hoch und das Haus ist nicht zu sehen, denn der Park ist gross.

Ich läute und warte.

Der Pförtner erscheint, ein alter Mann. Er öffnet das Gitter nicht.

»Sie wünschen?«

»Ich möchte Frau T sprechen.«

»In welcher Angelegenheit?«

»Ich bin der Lehrer ihres Sohnes.«

»Sofort!«

Er öffnet das Gitter.

Wir gehen durch den Park.

Hinter einer schwarzen Tanne erblicke ich das Haus.

Fast ein Palast.

Ein Diener erwartet uns bereits und der Pförtner übergibt mich dem Diener: »Der Herr möchte die gnädige Frau sprechen, er ist der Lehrer des jungen Herrn.«

Der Diener verbeugt sich leicht.

»Das dürfte leider seine Schwierigkeiten haben«, meint er höflich, »denn gnädige Frau haben soeben Besuch.«

»Ich muss sie aber dringend sprechen in einer sehr wichtigen Angelegenheit!«

»Könnten Sie sich nicht für morgen anmelden?«

»Nein. Es dreht sich um ihren Sohn.«

Er lächelt und macht eine winzige wegwerfende Geste.

»Auch für ihren Sohn haben gnädige Frau häufig keine Zeit. Auch der junge Herr muss sich meist anmelden lassen.«

»Hören Sie«, sage ich und schaue ihn böse an, »melden Sie mich sofort oder Sie tragen die Verantwortung!«

Er starrt mich einen Augenblick entgeistert an, dann verbeugt er sich wieder leicht: »Gut, versuchen wir es mal. Darf ich bitten! Verzeihung, dass ich vorausgehe!«

Ich betrete das Haus.

Wir gehen durch einen herrlichen Raum und dann eine Treppe empor in den ersten Stock.

Eine Dame kommt die Treppen herab, der Diener grüsst und sie lächelt ihn an. Und auch mich.

Die kenne ich doch? Wer ist denn das?

Wir steigen weiter empor.

»Das war die Filmschauspielerin X«, flüstert mir der Diener zu.

Achja, richtig!

Die hab ich erst unlängst gesehen. Als Fabrikarbeiterin, die den Fabrikdirektor heiratet.

Sie ist die Freundin des Oberplebejers.

Dichtung und Wahrheit!

»Sie ist eine göttliche Künstlerin«, stellt der Diener fest, und nun erreichen wir den ersten Stock.

Eine Tür ist offen und ich höre Frauen lachen. Sie müssen im dritten Zimmer sitzen, denke ich. Sie trinken Tee.

Der Diener führt mich links in einen kleinen Salon und bittet, Platz zu nehmen, er würde alles versuchen, bei der ersten passenden Gelegenheit.

Dann schliesst er die Türe, ich bleibe allein und warte.

Es ist noch früh am Nachmittag, aber die Tage werden kürzer.

An den Wänden hängen alte Stiche. Jupiter und Jo. Amor und Psyche. Marie Antoinette.

Es ist ein rosa Salon mit viel Gold.

Ich sitze auf einem Stuhl und sehe die Stühle um den Tisch herum stehen. Wie alt seid ihr? Bald zweihundert Jahre –

Wer sass schon alles auf Euch?

Leute, die sagten: morgen sind wir bei Marie Antoinette zum Tee.

Leute, die sagten: morgen gehen wir zur Hinrichtung der Marie Antoinette.

Wo ist jetzt Eva?

Hoffentlich noch im Spital, dort hat sie wenigstens ein Bett.

Hoffentlich ist sie noch krank.

Ich trete ans Fenster und schaue hinaus.

Die schwarze Tanne wird immer schwärzer, denn es dämmert bereits.

Ich warte.

Endlich öffnet sich langsam die Türe.

Ich drehe mich um, denn nun kommt die Mutter des T.

Wie sieht sie aus?

Ich bin überrascht.

Es steht nicht die Mutter vor mir, sondern der T.

Er selbst.

Er grüsst höflich und sagt:

»Meine Mutter liess mich rufen, als sie hörte, dass Sie da sind, Herr Lehrer. Sie hat leider keine Zeit.«

»So? Und wann hat sie denn Zeit?«

Er zuckt müde die Achsel: »Das weiss ich nicht. Sie hat eigentlich nie Zeit.«

Ich betrachte den Fisch.

Seine Mutter hat keine Zeit. Was hat sie denn zu tun?

Sie denkt nur an sich.

Und ich muss an den Pfarrer denken und an die Ideale der Menschheit.

Ist es wahr, dass die Reichen immer siegen?

Wird der Wein nicht zu Wasser?

Und ich sage zum T: »Wenn Deine Mutter immer zu tun hat, dann kann ich vielleicht mal Deinen Vater sprechen?«

»Vater? Aber der ist doch nie zu Haus! Er ist immer unterwegs, ich seh ihn kaum. Er leitet ja einen Konzern.«

Einen Konzern?

Ich sehe ein Sägewerk, das nicht mehr sägt.

Die Kinder sitzen in den Fenstern und bemalen die Puppen. Sie sparen das Licht, denn sie haben kein Licht.

Und Gott geht durch alle Gassen.

Er sieht die Kinder und das Sägewerk.

Und er kommt.

Er steht draussen vor dem hohen Tore.

Der alte Pförtner lässt ihn nicht ein.

»Sie wünschen?«

»Ich möchte die Eltern T sprechen.«

»In welcher Angelegenheit?«

»Sie wissen es schon.«

Ja, sie wissen es schon, aber sie erwarten ihn nicht. –

»Was wollen Sie eigentlich von meinen Eltern?« höre ich plötzlich die Stimme des T.

Ich blicke ihn an.

Jetzt wird er lächeln, denke ich.

Aber er lächelt nicht mehr. Er schaut nur.

Ahnt er, dass er gefangen wird?

Seine Augen haben plötzlich Glanz.

Die Schimmer des Entsetzens.

Und ich sage: »Ich wollte mit Deinen Eltern über Dich sprechen, aber leider haben sie keine Zeit.«

»Über mich?«

Er grinst.

Ganz leer.

Da steht der Wissbegierige, wie ein Idiot.

Jetzt scheint er zu lauschen.

Was fliegt um ihn?

Was hört er?

Die Flügel der Verblödung?

Ich eile davon.

Der Köder

Zu Hause liegt wieder ein blaues Kuvert. Aha, der Klub! Sie werden wieder nichts vermerkt haben –

Ich öffne und lese:

»Achter Bericht des Klubs. Gestern nachmittag war der T im Kristall-Kino. Als er das Kino verliess, sprach er mit einer eleganten Dame, die er drinnen getroffen haben musste. Er ging dann mit der Dame in die Y-Strasse Nummer 67. Nach einer halben Stunde erschien er mit ihr wieder im Haustor und verabschiedete sich von ihr. Er ging nach Hause. Die Dame sah ihm nach, schnitt eine Grimasse und spuckte ostentativ aus. Es ist möglich, dass es keine Dame war. Sie war gross und blond, hatte einen dunkelgrünen Mantel und einen roten Hut. Sonst wurde nichts vermerkt.«

Ich muss grinsen.

Ach, der T wird galant – aber das interessiert mich nicht. Warum schnitt sie eine Grimasse?

Natürlich war sie keine Dame, doch warum spuckte sie ostentativ aus?

Ich geh mal hin und frage sie.

Denn ich will jetzt jede Spur verfolgen, jede winzigste, unsinnigste –

Wenn er nicht anbeisst, wird man ihn wohl mit einem Netz fangen müssen, mit einem Netz aus feinsten Maschen, durch die er nicht schlüpfen kann.

Ich gehe in die Y-Strasse 67 und frage die Hausmeisterin nach einer blonden Dame –

Sie unterbricht mich sofort: »Das Fräulein Nelly wohnt Tür siebzehn.«

In dem Hause wohnen kleine Leute, brave Bürger. Und ein Fräulein Nelly.

Ich läute an Tür siebzehn.

Eine Blondine öffnet und sagt: »Servus. Komm nur herein!«

Ich kenne sie nicht.

Im Vorzimmer hängt der dunkelgrüne Mantel, auf dem Tischchen liegt der rote Hut. Sie ist es.

Jetzt wird sie böse werden, dass ich nur wegen einer Auskunft komme. Ich verspreche ihr also ihr Honorar, wenn sie mir antwortet. Sie wird nicht böse, sondern misstrauisch. Nein, ich bin kein Polizist, versuche ich zu beruhigen, ich möchte ja nur wissen, warum sie gestern hinter dem Jungen her ausgespuckt hat?

»Zuerst das Geld«, antwortet sie.

Ich gebe es ihr.

Sie macht sichs auf dem Sofa bequem und bietet mir eine Zigarette an.

Wir rauchen.

»Ich rede nicht gern darüber«, sagt sie.

Sie schweigt noch immer.

Plötzlich legt sie los: »Warum ich ausgespuckt hab, ist bald erklärt: es war eben einfach zu ekelhaft! Widerlich!«

Sie schüttelt sich.

»Wieso?«

»Stellen Sie sich vor, er hat dabei gelacht!«

»Gelacht?«

»Es ist mir ganz kalt heruntergelaufen und dann bin ich so wild geworden, dass ich ihm eine Ohrfeige gegeben hab! Da ist er gleich vor den Spiegel gerannt und hat gesagt: es ist nicht rot! Immer hat er nur beobachtet, beobachtet! Wenns nach mir ging, würd ich ja diesen Kerl nie mehr anrühren, aber leider werde ich nochmal das Vergnügen haben müssen –«

»Nochmal? Wer zwingt Sie denn dazu?«

»Zwingen lass ich mich nie, nicht die Nelly! Aber ich erweise damit jemand einen freiwilligen Gefallen, wenn ich mich mit dem Ekel noch einmal einlass – ich muss sogar so tun, als wär ich in ihn verliebt!«

»Sie erweisen damit jemandem einen Gefallen?«

»Ja, weil ich eben diesem jemand auch sehr zu Dank verpflichtet bin.«

»Wer ist das?«

»Nein, das darf ich nicht sagen! Das sagt die Nelly nicht! Ein fremder Herr.«

»Aber was will denn dieser fremde Herr?«

Sie sieht mich gross an und sagt dann langsam:

»Er will einen Fisch fangen.«

Ich schnelle empor und schreie: »Was?! Einen Fisch?!«

Sie erschrickt sehr.

»Was ist Ihnen?« fragt sie und drückt rasch ihre Zigarette aus. »Nein-nein, jetzt spricht die Nelly kein Wort mehr! Mir scheint, Sie sind ein Verrückter! Gehen wir, gehen wir! Pa, adieu!«

Ich gehe und torkle fast, ganz wirr im Kopf.

Wer fängt den Fisch?

Was ist los?

Wer ist dieser fremde Herr?

Im Netz

Als ich nach Hause komme, empfängt mich meine Hausfrau besorgt. »Es ist ein fremder Herr hier«, sagt sie, »er wartet auf Sie schon seit einer halben Stunde und ich hab Angst, etwas an ihm stimmt nämlich nicht. Er sitzt im Salon.«

Ein fremder Herr?

Ich betrete den Salon.

Es ist Abend geworden und er sitzt im Dunkeln.

Ich mache Licht.

Ach, Julius Caesar!

»Endlich!« sagt er und illuminiert seinen Totenkopf. »Jetzt spitzen Sie aber Ihre Ohren, Kollega!«

»Was gibts denn?«

»Ich habe den Fisch.«

»Was?!«

»Ja. Er schwimmt schon um den Köder herum, immer näher – heut nacht beisst er an! Kommen Sie, wir müssen rasch hin, der Apparat ist schon dort, höchste Zeit!«

»Was für ein Apparat?«

»Werd Ihnen alles erklären!«

Wir gehen rasch fort.

»Wohin?«

»In die Lilie!«

»In wohin?«

»Wie sag ichs meinem Kinde? Die Lilie ist ein ordinäres Animierlokal!«

Er geht sehr rasch und es beginnt zu regnen.

»Regen ist gut«, sagt er, »bei Regen beissen sie eher an.«

Er lacht.

»Hören Sie«, schreie ich ihn an, »was haben Sie vor?!«

»Ich erzähl alles, sowie wir sitzen! Kommen Sie, wir werden nass!«

»Aber wie kommen Sie dazu, den Fisch zu fangen und mir nichts zu sagen?!«

»Ich wollte Sie überraschen, lassen Sie mir die Freud!«

Plötzlich bleibt er stehen, obwohl es jetzt stark regnet und er grosse Eile hat.

Er sieht mich sonderbar an und sagt dann langsam:

»Sie fragen«, und mir ists, als betonte er jedes Wort, »Sie fragen mich, warum ich den Fisch fange? Sie haben mir doch davon erzählt, vor ein paar Tagen – erinnern Sie sich? Sie haben sich dann an einen anderen Tisch gesetzt und es fiel mir plötzlich auf, wie traurig Sie sind wegen dem Mädel,

141

und da war es mir so, dass ich Ihnen helfen muss. Erinnern Sie sich, wie Sie dort an dem Tisch gesessen sind – ich glaube, Sie schrieben einen Brief.«

Einen Brief?!

Ja, richtig! Den Brief an meine Eltern!

Als ich es endlich über mich brachte: »Gott wird schon helfen« –

Ich wanke.

»Was ist Ihnen? Sie sind ja ganz blass?« höre ich Caesars Stimme.

»Nichts, nichts!«

»Höchste Zeit, dass Sie einen Schnaps bekommen!«

Vielleicht!

Es regnet und das Wasser wird immer mehr.

Mich schaudert.

Einen winzigen Augenblick lang sah ich das Netz.

Der N

Die Lilie ist kaum zu finden, so finster ist die ganze Umgebung.

Drinnen ist es nicht viel heller.

Aber wärmer und es regnet wenigstens nicht herein.

»Die Damen sind schon da«, empfängt uns die Besitzerin und deutet auf die dritte Loge.

»Bravo!« sagt Caesar und wendet sich zu mir: »Die Damen sind nämlich mein Köder. Die Regenwürmer, gewissermassen.«

In der dritten Loge sitzt das Fräulein Nelly mit einer dik-
ken Kellnerin.

Nelly erkennt mich sogleich, schweigt jedoch aus Ge-
wohnheit.

Sie lächelt nur sauer.

Caesar hält perplex.

»Wo ist der Fisch?« fragt er hastig.

»Er ist nicht erschienen«, sagt die Dicke. Es klingt so
traurig monoton.

»Er hat mich sitzen lassen«, meint Nelly und lächelt süss.

»Zwei Stunden hat sie vor dem Kino gewartet«, nickt
die Dicke resigniert.

»Zweieinhalb«, korrigiert Nelly und lächelt plötzlich
nicht mehr. »Ich bin froh, dass das Ekel nicht gekommen
ist.«

»Na sowas«, meint Caesar und stellt mich den Damen
vor: »Ein ehemaliger Kollege.«

Die Dicke mustert mich, und das Fräulein Nelly blickt in
die Luft. Sie richtet ihren Büstenhalter.

Wir setzen uns.

Der Schnaps brennt und wärmt.

Wir sind die einzigen Gäste.

Die Besitzerin setzt sich die Brille auf und liest die
Zeitung. Sie beugt sich über die Bar und es sieht aus, als
würde sie sich die Ohren zuhalten.

Sie weiss von nichts und möchte auch von nichts wissen.

Wieso sind die beiden Damen Regenwürmer?

»Was geht hier eigentlich vor sich?« frage ich Caesar.

Er beugt sich ganz nahe zu mir: »Ich wollte Sie ursprünglich eigentlich vorher gar nicht einweihen, verehrter Kollega, denn es ist und bleibt eine ordinäre Geschichte und Sie

sollten nichts damit zu tun haben, aber dann dachte ich, es könnt vielleicht doch nichts schaden, wenn wir noch einen Zeugen hätten. Wir drei, die beiden Damen und ich, wollten nämlich die Tat rekonstruieren.«

»Rekonstruieren?!«

»Gewissermassen.«

»Aber wieso denn?!«

»Wir wollten, dass der Fisch den Mord wiederholt.«

»Wiederholt?!«

»Ja. Und zwar nach einem altbewährten genialen Plan. Ich wollte nämlich die ganze Affäre in einem Bett rekonstruieren.«

»In einem Bett?!«

»Passen Sie auf, Kollega«, nickt er mir zu und illuminiert seinen Totenkopf, »das Fräulein Nelly sollte den Fisch vor dem Kino erwarten, denn er meint nämlich, dass sie ihn liebt.«

Er lacht.

Aber das Fräulein Nelly lacht nicht mit. Sie schneidet nur eine Grimasse und spuckt aus.

»Spuck hier nicht herum!« grinst die Dicke.

»Das freie Ausspucken ist behördlich verboten!«

»Die Behörde darf mich«, beginnt Nelly.

»Also nur keine Politik!« fällt ihr Caesar ins Wort und wendet sich wieder mir zu: »Hier in dieser Loge sollte unser lieber Fisch besoffen gemacht werden, bis er nicht mehr hätt schwimmen können, sodass man ihn sogar mit der Hand hätt fangen können – dann wären die beiden Damen mit ihm dort hinten durch die Tapetentür aufs Zimmer gegangen. Und hierauf hätte sich folgerichtig und logischerweise folgendes entwickelt:

144

Der Fisch wär eingeschlafen.

Die Nelly hätte sich auf den Boden gelegt und dies rundliche Kind hätte sie mit einem Leintuch zugedeckt, ganz und gar, als wär sie eine Leiche.

Dann hätt sich meine liebe Rundliche auf den schlafenden Fisch gestürzt und hätt gellend geschrien: ›Was hast Du getan?! Menschenskind, was hast Du getan?!‹

Und ich wär ins Zimmer getreten und hätt gesagt: ›Polizei!‹ und hätts ihm auf den Kopf zugesagt, dass er in seinem Rausch die Nelly erschlagen hat, genau so wie seinerzeit den Anderen – wir hätten eine grosse Szene aufgeführt und ich hätt ihm auch ein paar Ohrfeigen gegeben – ich wette, Kollega, er hätt sich verraten! Und wenns auch nur ein Wörtchen gewesen wär, ich hätt ihn aufs Land gezogen, ich schon!«

Ich muss lächeln.

Er sieht mich an, fast unwillig.

»Sie haben recht«, sagt er, »der Mensch denkt und Gott lenkt – wenn wir uns ärgern, dass einer nicht anbeisst, dann zappelt er vielleicht schon im Netz.«

Es durchzuckt mich.

Im Netz?!

»Lächeln Sie nur«, höre ich Caesar, »Sie reden ja immer nur von dem unschuldigen Mädel, aber ich denk auch an den toten Jungen!«

Ich horche auf.

An den toten Jungen?

Achso, der N – den hab ich ja ganz vergessen. –

Ich dachte an alle, alle – sogar an seine Eltern denke ich manchmal, wenn auch nicht gerade liebevoll –, aber nie an ihn, nie, er fiel mir gar nicht mehr ein.

Ja, dieser N!

Der erschlagen worden war. Mit einem Stein.

Den es nicht mehr gibt.

Das Gespenst

Ich verlasse die Lilie.

Ich gehe rasch heim, und die Gedanken an den N, den es nicht mehr gibt, lassen mich nicht los.

Sie begleiten mich in mein Zimmer, in mein Bett.

Ich muss schlafen! Ich will schlafen!

Aber ich schlafe nicht ein –

Immer wieder höre ich den N: »Sie haben es ja ganz vergessen, Herr Lehrer, dass Sie mitschuldig sind an meiner Ermordung. Wer hat denn das Kästchen erbrochen – ich oder Sie? Hatte ich Sie denn damals nicht gebeten: Helfen Sie mir, Herr Lehrer, ich habs nämlich nicht getan – aber Sie wollten einen Strich durch eine Rechnung ziehen, einen dicken Strich – ich weiss, ich weiss, es ist vorbei!«

Ja, es ist vorbei.

Die Stunden gehen, die Wunden stehen.

Immer rascher werden die Minuten –

Sie laufen an mir vorbei.

Bald schlägt die Uhr.

»Herr Lehrer«, höre ich wieder den N, »erinnern Sie sich an eine Geschichtsstunde im vorigen Winter. Wir waren im Mittelalter und da erzählten Sie, dass der Henker, bevor er zur Hinrichtung schritt, den Verbrecher immer um Verzeihung bat, dass er ihm nun ein grosses Leid antun müsse, denn eine Schuld kann nur durch Schuld getilgt werden.«

Nur durch Schuld?

Und ich denke: bin ich ein Henker?

Muss ich den T um Verzeihung bitten?

Und ich werd die Gedanken nicht mehr los –

Ich erhebe mich –

»Wohin?«

»Am liebsten weg, gleich weit weg –«

»Halt!«

Er steht vor mir, der N.

Ich komm durch ihn nicht durch.

Ich mag ihn nicht mehr hören!

Er hat keine Augen, aber er lässt mich nicht aus den Augen.

Ich mache Licht und betrachte den Lampenschirm.

Er ist voll Staub.

Immer muss ich an den T denken.

Er schwimmt um den Köder – oder?

Plötzlich fragt der N:

»Warum denken Sie nur an sich?«

»An mich?«

»Sie denken immer nur an den Fisch. Aber der Fisch, Herr Lehrer, und Sie, das ist jetzt ein und dasselbe.«

»Dasselbe?!«

»Sie wollen ihn doch fangen – nicht?«

»Ja, gewiss – also wieso sind ich und er ein und dasselbe?«

»Sie vergessen den Henker, Herr Lehrer – den Henker, der den Mörder um Verzeihung bittet. In jener geheimnisvollen Stunde, da eine Schuld durch eine andere Schuld getilgt wird, verschmilzt der Henker mit dem Mörder zu einem Wesen, der Mörder geht gewissermassen im Henker auf – begreifen Sie mich, Herr Lehrer?«

Ja, ich fange allmählich an zu begreifen –

Nein, jetzt will ich nichts mehr wissen!

Hab ich Angst?

»Sie sind noch imstand und lassen ihn wieder schwimmen«, höre ich den N. »Sie beginnen ja sogar schon, ihn zu bedauern –«

Richtig, seine Mutter hat für mich keine Zeit –

»Sie sollen aber auch an meine Mutter denken, Herr Lehrer, und vor allem an mich! Auch wenn Sie nun den Fisch nicht meinetwegen, sondern nur wegen des Mädels fangen, wegen eines Mädels, an das Sie gar nicht mehr denken –«

Ich horche auf.

Er hat recht, ich denke nicht an sie –

Schon seit vielen Stunden.

Wie sieht sie denn nur aus?

Es wird immer kälter.

Ich kenne sie ja kaum –

Gewiss, gewiss, ich sah sie schon mal ganz, aber das war im Mond und die Wolken deckten die Erde zu – doch was hat sie nur für Haare? Braun oder blond?

Komisch, ich weiss es nicht.

Ich friere.

Alles schwimmt davon –

Und bei Gericht?

Ich weiss nur noch: wie sie mir zunickte, bevor sie die Wahrheit sagte, aber da fühlte ich, ich muss für sie da sein. Der N horcht auf.

»Sie nickte Ihnen zu?«

»Ja.«

Und ich muss an ihre Augen denken.

»Aber Herr Lehrer, sie hat doch keine solchen Augen! Sie hat ja kleine, verschmitzte, unruhige, immer schaut sie hin und her, richtige Diebsaugen!«

»Diebsaugen?«

»Ja.«

Und plötzlich wird er sonderbar feierlich.

»Die Augen, Herr Lehrer, die Sie anschauten, waren nicht die Augen des Mädels. Das waren andere Augen.«

»Andere?«

»Ja.«

Das Reh

Mitten in der Nacht höre ich die Hausglocke.

Wer läutet da?

Oder habe ich mich getäuscht?

Nein, jetzt läutet es wieder!

Ich springe aus dem Bett, zieh mir den Morgenrock an und eile aus dem Zimmer. Dort steht bereits meine Hausfrau, verschlafen und wirr.

»Wer kommt denn da?« fragt sie besorgt.

»Wer ist da?« rufe ich durch die Türe.

»Kriminalpolizei!«

»Jesus Maria!« schreit die Hausfrau und wird sehr entsetzt. »Was habens denn angestellt, Herr Lehrer?«

»Ich? Nichts!«

Die Polizei tritt ein – zwei Kommissare. Sie fragen nach mir.

Jawohl, ich bin es.

»Wir wollen nur eine Auskunft. Ziehen Sie sich gleich an. Sie müssen mit!«

»Wohin?«

»Später!«

Ich ziehe mich überstürzt an – was ist geschehen?!

Dann sitz ich im Auto. Die Kommissare schweigen noch immer.

Wohin fahren wir?

Die schönen Häuser hören allmählich auf und dann kommen die hässlichen. Es geht durch die armen Strassen und wir erreichen das vornehme Villenviertel.

Ich bekomme Angst.

»Meine Herren«, sage ich, »was ist denn geschehen in Gottes Namen?!«

»Später!«

Hier ist die Endstation, wir fahren weiter.

Ja, jetzt weiss ich, wohin die Reise geht –

Das hohe Tor ist offen, wir fahren hindurch, es meldet uns niemand an.

In der Halle sind viele Menschen.

Ich erkenne den alten Pförtner und den Diener, der mich in den rosa Salon führte.

An einem Tische sitzt ein hoher polizeilicher Funktionär. Und ein Protokollführer.

Alle blicken mich forschend und feindselig an.

Was hab ich denn verbrochen?

»Treten Sie näher«, empfängt mich der Funktionär.

Ich trete näher.

Was will man von mir?

»Wir müssen einige Fragen an Sie richten. Sie wollten doch gestern nachmittag die gnädige Frau sprechen –« er deutet nach rechts.

Ich blicke hin.

Dort sitzt eine Dame. In einem grossen Abendkleid.

Elegant und gepflegt – ach, die Mutter des T!

Sie starrt mich hasserfüllt an.

Warum?

»So antworten Sie doch!« höre ich den Funktionär.

»Ja«, sage ich, »ich wollte die gnädige Frau sprechen, aber sie hatte leider keine Zeit für mich.«

»Und was wollten Sie ihr erzählen?«

Ich stocke – aber es hat keinen Sinn!

Nein, ich will nicht mehr lügen!

Ich sah ja das Netz –

»Ich wollte der gnädigen Frau nur sagen«, beginne ich langsam, »dass ich einen bestimmten Verdacht auf ihren Sohn habe –«

Ich komme nicht weiter, die Mutter schnellt empor.

»Lüge!« kreischt sie. »Alles Lüge! Nur er hat die Schuld, nur er! Er hat meinen Sohn in den Tod getrieben! Er, nur er!«

Ich wanke.

In den Tod?!

»Was ist denn los?!« schreie ich.

»Ruhe!« herrscht mich der Funktionär an.

Und nun erfahre ich, dass der Fisch ins Netz geschwommen ist. Er wurde bereits ans Land gezogen und zappelt nicht mehr. Es ist aus.

Als die Mutter vor einer Stunde heimkam, fand sie einen

151

Zettel auf dem Toilettentisch. »Der Lehrer trieb mich in den Tod«, stand auf dem Zettel.

Die Mutter lief in das Zimmer des T hinauf – der T war verschwunden. Sie alarmierte das Haus. Man durchstöberte alles und fand nichts. Man durchsuchte den Park, rief »T!« und immer wieder »T!« – keine Antwort.

Endlich wurde er entdeckt. In der Nähe eines Grabens. Dort hatte er sich erhängt.

Die Mutter sieht mich an.

Sie weint nicht.

Sie kann nicht weinen, geht es mir durch den Sinn.

Der Funktionär zeigt mir den Zettel.

Ein abgerissenes Stück Papier.

Ohne Unterschrift.

Vielleicht schrieb er noch mehr, fällt es mir plötzlich ein.

Ich schau die Mutter an.

»Ist das alles?« frage ich den Funktionär.

Die Mutter schaut weg.

»Ja, das ist alles«, sagt der Funktionär. »Erklären Sie sich!«

Die Mutter ist eine schöne Frau. Ihr Ausschnitt ist hinten tiefer als vorn. Sie hat es sicher nie erfahren, was es heisst, nichts zum fressen zu haben –

Ihre Schuhe sind elegant, ihre Strümpfe so zart, als hätte sie keine an, aber ihre Beine sind dick. Ihr Taschentuch ist klein. Nach was riecht es? Sicher hat sie ein teures Parfüm –

Aber es kommt nicht darauf an, mit was sich einer parfümiert.

Wenn der Vater keinen Konzern hätte, würde die Mutter nur nach sich selbst duften.

Jetzt sieht sie mich an, fast höhnisch.

Zwei helle, runde Augen –

Wie sagte doch seinerzeit der T in der Konditorei?

»Aber Herr Lehrer, ich hab doch keine Fischaugen, ich hab ja Rehaugen – meine Mutter sagts auch immer.«

Sagte er nicht, sie hätte die gleichen Augen?

Ich weiss es nicht mehr.

Ich fixiere die Mutter.

Warte nur, Du Reh!

Bald wird es schneien, und Du wirst Dich den Menschen nähern.

Aber dann werde ich Dich zurücktreiben!

Zurück in den Wald, wo der Schnee meterhoch liegt.

Wo Du steckenbleibst vor lauter Frost –

Wo Du verhungerst im Eis.

Schau mich nur an, jetzt rede ich!

Die anderen Augen

Und ich rede von dem fremden Jungen, der den N erschlagen hat, und erzähle, dass der T zuschauen wollte, wie ein Mensch kommt und geht. Geburt und Tod, und alles, was dazwischen liegt, wollt er genau wissen. Er wollte alle Geheimnisse ergründen, aber nur, um darüber stehen zu können – darüber mit seinem Hohn. Er kannte keine Schauer, denn seine Angst war nur Feigheit. Und seine Liebe zur Wirklichkeit war nur der Hass auf die Wahrheit.

Und während ich so rede, fühle ich mich plötzlich wunderbar leicht, weil es keinen T mehr gibt.

Einen weniger!

Freue ich mich denn?

Ja! Ja, ich freue mich!

Denn trotz aller eigenen Schuld an dem Bösen ist es herrlich und wunderschön, wenn ein Böser vernichtet wird!

Und ich erzähle alles.

»Meine Herren«, sagte ich, »es gibt ein Sägewerk, das nicht mehr sägt, und es gibt Kinder, die in den Fenstern sitzen und die Puppen bemalen.«

»Was hat das mit uns zu tun?« fragt mich der Funktionär. Die Mutter schaut zum Fenster hinaus.

Draussen ist Nacht.

Sie scheint zu lauschen –

Was hört sie?

Schritte?

Das Tor ist ja offen –

»Es hat keinen Sinn, einen Strich durch die Rechnung machen zu wollen«, sage ich und plötzlich höre ich meine Worte.

Jetzt starrt mich die Mutter wieder an.

Und ich höre mich: »Es ist möglich, dass ich Ihren Sohn in den Tod getrieben habe –«

Ich stocke –

Warum lächelte die Mutter?

Sie lächelt noch immer –

Ist sie verrückt?

Sie beginnt zu lachen – immer lauter!

Sie kriegt einen Anfall.

Sie schreit und wimmert –

Ich höre nur das Wort »Gott«.

Dann kreischt sie: »Es hat keinen Sinn!«

Man versucht, sie zu beruhigen.

Sie schlägt um sich.

Der Diener hält sie fest.

»Es sägt, es sägt!« jammert sie –

Was?

Das Sägewerk?

Sieht sie die Kinder in den Fenstern?

Ist jener Herr erschienen, der auch auf Ihre Zeit, gnädige Frau, keine Rücksicht nimmt, denn er geht durch alle Gassen, ob gross oder klein –

Sie schlägt noch immer um sich.

Da verliert sie ein Stückchen Papier – als hätte ihr wer auf die Hand geschlagen.

Der Funktionär hebt es auf.

Es ist ein zerknülltes Papier.

Der abgerissene Teil jenes Zettels, auf dem stand: »Der Lehrer trieb mich in den Tod.«

Und hier schrieb der T, warum er in den Tod getrieben wurde: »Denn der Lehrer weiss es, dass ich den N erschlagen habe. Mit dem Stein –«

Es wurde sehr still im Saal.

Die Mutter schien zusammengebrochen.

Sie sass und rührte sich nicht.

Plötzlich lächelt sie wieder und nickt mir zu.

Was war das?

Nein, das war doch nicht sie –

Das waren nicht ihre Augen –

Still, wie die dunkeln Seen in den Wäldern meiner Heimat. Und traurig, wie eine Kindheit ohne Licht.

So schaut Gott zu uns herein, muss ich plötzlich denken.

Einst dachte ich, er hätte tückische, stechende Augen –
Nein, nein!

Denn Gott ist die Wahrheit.

»Sage es, dass Du das Kästchen erbrochen hast«, höre
ich wieder die Stimme. »Tu mir den Gefallen und kränke
mich nicht –«

Jetzt tritt die Mutter langsam vor den Funktionär und
beginnt zu reden, leise, doch fest: »Ich wollte mir die
Schande ersparen«, sagt sie, »aber wie der Lehrer zuvor die
Kinder in den Fenstern erwähnte, dachte ich schon: ja, es
hat keinen Sinn.«

Über den Wassern

Morgen fahre ich nach Afrika.

Auf meinem Tische stehen Blumen. Sie sind von meiner
braven Hausfrau zum Abschied.

Meine Eltern haben mir geschrieben, sie sind froh, dass
ich eine Stellung habe, und traurig, dass ich so weit weg
muss über das grosse Meer.

Und dann ist noch ein Brief da. Ein blaues Kuvert.

»Schöne Grüsse an die Neger. Der Klub.«

Gestern hab ich Eva besucht.

Sie ist glücklich, dass der Fisch gefangen wurde. Der
Pfarrer hat es mir versprochen, dass er sich um sie kümmern
wird, wenn sie das Gefängnis verlässt.

Ja, sie hat Diebsaugen.

Die Staatsanwaltschaft hat das Verfahren gegen mich

niedergeschlagen, und der Z ist schon frei. Ich packe meine Koffer.

Julius Caesar hat mir seinen Totenkopf geschenkt. Dass ich ihn nur nicht verliere!

Pack alles ein, vergiss nichts!

Lass nur nichts da!

Der Neger fährt zu den Negern.

ÖDÖN VON HORVÁTH

JUGEND
ohne
GOTT

ROMAN

Adh

Nachwort

von Elisabeth Tworek

> Ihr aber, wenn es so weit sein wird
> Daß der Mensch dem Menschen ein Helfer ist
> Gedenkt unserer mit Nachsicht.
> *Bertolt Brecht, ›An die Nachgeborenen‹*

Der Roman ›Jugend ohne Gott‹ erschien im Oktober 1937 im Exil-Verlag Allert de Lange in Amsterdam und begründete den internationalen Ruf Ödön von Horváths. Das blau schattierte Cover warb im Klappentext mit den Worten: »Die Tragödie einer Jugend die, ohne Liebe zu Gott und Achtung vor den Menschen, in Verachtung all dessen aufwächst, was früheren Generationen heilig war.« Hermann Hesse fand den Roman »großartig« und Literaturnobelpreisträger Thomas Mann schrieb dem Schriftsteller Carl Zuckmayer, dass er den Roman für »das beste Buch der letzten Jahre« hält. Sogleich wurde er in mehrere Sprachen übersetzt und entwickelte sich zu einem der wichtigsten Bücher im Kanon der Antikriegsromane und antifaschistischen Literatur. Bereits im Mai 1938 lagen Übersetzungen in englischer, französischer, tschechischer, polnischer, holländischer und spanischer Sprache vor. Mit ›Jugend ohne Gott‹ machte Ödön von Horváth auf die kurz nach dem Ersten Weltkrieg Geborenen aufmerksam, die »abseits von Wahrheit und Gerechtigkeit, in einer unheimlichen Kälte«

heranwuchsen. Wie bei seinem Theaterstück >Sladek, der schwarze Reichswehrmann< von 1929 ging es darum, »die gesellschaftlichen Kräfte aufzuzeigen, aus denen dieser Typus [Mensch] entstanden ist.« Wenige Jahre nach Kriegsende erschien eine Neuauflage des Romans in Wien. Schnell etablierte sich >Jugend ohne Gott< im Kanon der Schullektüre und behauptet bis heute einen Spitzenplatz. Ödön von Horváth war mit seinem Roman höchst zufrieden, wie sein Brief vom 26. Oktober 1937 an seinen Schriftstellerfreund Franz Theodor Csokor dokumentiert. »Ich hab das Buch jetzt nochmals gelesen, und ich kann mir nicht helfen: mir gfallts auch! – Es ist mir dabei noch etwas aufgefallen, nämlich dass ich, ohne Absicht, auch zum erstenmal den sozusagen faschistischen Menschen (in der Person des Lehrers) geschildert habe, an dem die Zweifel nagen – oder besser gesagt: den Menschen im faschistischen Staat.« Im Frühjahr 1938 setzten die Nationalsozialisten den Roman wegen seiner »pazifistischen Tendenzen« auf die »Liste des schädlichen und unerwünschten Schrifttums«. Die Geheime Staatspolizei wurde angewiesen, alle im Reichsgebiet vorhandenen Exemplare des Buches zu beschlagnahmen. Trotzdem wurden laut Verlagsarchiv 1938 noch 534 Exemplare verkauft.

>Jugend ohne Gott< spielt 1936 in Nazi-Deutschland. Die Schüler eines städtischen Gymnasiums werden zu Fanatismus erzogen. Im Unterricht lernen sie Menschenverachtung, Gehorsam und Rassenhass; bei Geländeübungen und Lagerfeuerromantik erlernen sie das Kriegshandwerk. Obrigkeitshörige, selbstsüchtige und opportunistische Eltern haben dem wenig entgegenzusetzen. Werte wie Würde, individuelle Freiheit und geistige Unabhängigkeit gelten nichts

mehr. Den Jugendlichen fehlt es an Vorbildern und Orientierung. Blindlings folgen sie den neuen Idealen, die das Radio verkündet, und werden zu willfährigen Mitläufern des faschistischen Staates. Der humanistisch gesinnte Lehrer bemerkt die wachsende Verrohung seiner Schüler, doch aus Opportunismus folgt er den Anordnungen der vorgesetzten Dienstbehörde. Erst als ein Schüler ermordet wird, hört der Lehrer auf seine innere Stimme und findet den Weg zur Wahrheit. Einige Schüler nehmen sich an seiner Aufrichtigkeit ein Beispiel. Gemeinsam verbünden sie sich gegen Lüge und Dummheit und klären das Verbrechen auf.

Gut siebzig Jahre nach Erscheinen hat dieser Roman wenig an Aktualität eingebüßt. ›Jugend ohne Gott‹ heißt: Jugend ohne Orientierung, ohne Halt, ohne Zivilcourage.

Woher bezog Horváth den Stoff für seine Geschichte? Was versteht er unter einem »Menschen im faschistischen Staat«? Welche autobiographischen Spuren lassen sich in seinem Roman verfolgen? Was ist aus der Generation ›Jugend ohne Gott‹ im Zweiten Weltkrieg geworden?

Der Mensch im faschistischen Staat

Wie alle Diktaturen strebte der Nationalsozialismus danach, die Jugend für die eigenen Staatsziele verfügbar zu machen. »Recht ist, was der eigenen Sippschaft frommt … Was uns nicht gut tut, ist Unrecht. Also ist alles erlaubt, Mord, Raub, Brandstiftung, Meineid« (S. 19). Schulische und außerschulische Erziehung in der Hitlerjugend sollten eine lückenlose Indoktrination und Kontrolle sicherstellen, wie Gebietsführer Emil Klein beim Tag der Jugend in Bayern am 7. Mai 1933 betonte: »Wir marschieren für die körperliche Ertüchtigung, gegen weichen, feigen Pazifismus. Wir marschieren für Schule, Arbeit und Elternhaus, gegen die Zerstörung des Arbeitswillens und der Elternliebe ... Wir marschieren im Geiste der Toten des Weltkrieges, der Toten der nationalsozialistischen Revolution, damit Deutschland lebe.« Der »Führer« Adolf Hitler wollte die Jugend zu Kampfmaschinen erziehen. Sie sollten den »Schandfrieden von Versailles« rächen und sich als »Herrenrasse« die Welt untertan machen. In seiner Rede vom 2. Dezember 1938 machte er deutlich: »Diese Jugend lernt ja nichts anderes als deutsch denken, deutsch handeln, und wenn diese Knaben mit 10 Jahren in unsere Organisation hineinkommen und dort oft zum ersten Mal überhaupt frische Luft bekommen und fühlen, dann kommen sie vier Jahre später vom Jungvolk in die Hitlerjugend, und dort behalten wir sie wieder vier Jahre. Und dann geben wir sie erst recht nicht zurück in die Hände unserer alten Klasse und Standeserzeuger, sondern dann nehmen wir sie sofort in die Partei, in die Arbeitsfront, in die SA oder in die SS, in das NSKK und so weiter ... und sie werden nicht mehr frei ihr ganzes Leben.« (Völkischer Beobachter, 4. 12. 1938)

Um die Jugendlichen allumfassend auf den Krieg einzuschwören, greifen Elternhaus, Schule und Ferienlager wie Rädchen ineinander. Ob kleinbürgerlich, bildungsbürgerlich oder großbürgerlich: in ›Jugend ohne Gott‹ werden alle Eltern als egoistisch, kaltherzig und gleichgültig geschildert. Sie überlassen ihre Söhne und Töchter bereitwillig der Umerziehungsmaschinerie. Die Jugendlichen finden bei ihnen weder Zuwendung und Wärme noch eine geistige Orientierung. Die Älteren haben die »schöne« Vorkriegszeit noch erlebt, bei den Jüngeren fiel das Erwachsenwerden in den Ersten Weltkrieg. Die Schule versagt, weil sie ein Instrument der herrschenden Ideologie ist. Sie zwingt den neuen Geist in die Köpfe der Jugendlichen. Der Direktor des städtischen Gymnasiums und der Ich-Erzähler, der dort Geographie und Geschichte unterrichtet, erkennen zwar die verbrecherische Ideologie, aber aus Angst um ihre Pensionsberechtigung widersprechen sie nicht: »Ich könnte ja dem Zeitgeist widersprechen … aber ich will nicht …« (S. 15), sagt der Lehrer. So trägt die Schule ihren Teil zur geistigen und sittlichen Verwahrlosung der Jugend bei: »Dass diese Burschen alles ablehnen, was mir heilig ist, wär zwar noch nicht so schlimm. Schlimmer ist schon, wie sie es ablehnen, nämlich: ohne es zu kennen. Aber das Schlimmste ist, dass sie es überhaupt nicht kennen lernen wollen! Alles Denken ist ihnen verhasst. Sie pfeifen auf den Menschen! Sie wollen Maschinen sein, Schrauben, Räder, Kolben, Riemen – doch noch lieber als Maschinen wären sie Munition: Bomben, Schrapnells, Granaten. Wie gerne würden sie krepieren auf irgendeinem Feld! Der Name auf einem Kriegerdenkmal ist der Traum ihrer Pubertät.« (S. 19) Ein dreiundsechzigjähriger Reservist, der den Schülern mehr Kamerad als Einpeitscher ist, bereitet sie bei Fahnen, Lagerfeuerromantik und Geländeübungen auf den Krieg vor. Im Ersten Weltkrieg diente er im Landsturm.

»Sie haben keine Seele«

Die Kriegserlebnisse mit Hungerdemonstrationen, Umstürzen, standesrechtlichen Erschießungen und Fememorden lasteten schwer auf Deutschland. Der Erste Weltkrieg kostete allein 1,8 Mio. Soldaten das Leben, 4,2 Mio. wurden verwundet, 618 000 gerieten in Kriegsgefangenschaft. Während der vier Kriegsjahre starben über 750 000 Zivilisten an Unterernährung und deren Folgen. Mit dem Einsatz von Panzern, Flugzeugen, U-Booten und Giftgas hatte sich der Krieg entpersönlicht. Ödön von Horváth gehörte der Zwischenkriegsgeneration an, die für die Schützengräben des Ersten Weltkrieges noch zu jung war, aber der Brutalisierung und Verrohung einer ganzen Gesellschaft nicht entkommen konnte. Die Kriegseindrücke und das damit verbundene Elend sind in Horváths Biographie allgegenwärtig. »Als der sogenannte Weltkrieg ausbrach, war ich dreizehn Jahre alt. An die Zeit vor 1914 erinnere ich mich nur, wie an ein langweiliges Bilderbuch. Alle meine Kindheitserlebnisse habe ich im Kriege vergessen. Mein Leben beginnt mit der Kriegserklärung ... Wir, die wir zur großen Zeit in den Flegeljahren standen, waren wenig beliebt. Aus der Tatsache, dass unsere Väter im Felde fielen oder sich drückten, dass sie zu Krüppeln zerfetzt wurden oder wucherten, folgerte die öffentliche Meinung, wir Kriegslümmel würden Verbrecher werden. Wir hätten uns alle aufhängen dürfen, hätten wir nicht darauf gepfiffen, dass unsere Pubertät in den Weltkrieg fiel. Wir waren verroht, fühlten weder Mitleid noch Ehrfurcht. Wir hatten weder Sinn für Museen noch die Unsterblichkeit der Seele – und als die Erwachsenen zusammenbrachen, blieben wir unversehrt. In uns ist nichts zusammengebrochen, denn wir hatten nichts. Wir hatten bislang nur zur Kenntnis genommen.« (Horváth, Autobiographische Notiz) Im Roman >Jugend ohne Gott< trägt der Lehrer autobiographische Züge. Wie Horváth ist er um 1900 geboren worden und ist wie er, trotz gläubiger Eltern, aus der Kirche ausgetreten. »Es war im Krieg, da habe ich Gott verlassen. Es war zuviel verlangt von einem Kerl in den Flegeljahren, dass er begreift, dass Gott einen Weltkrieg zulässt.« (S. 44) Am Ende geht der Lehrer in die Emigration. Genauso wie Ödön von Horváth.

Bezüge zu Murnau

Die Vorarbeiten zu >Jugend ohne Gott< – erzählerische Skizzen und ein dramatisches Fragment mit dem Titel >Der Lenz ist da! Ein Frühlingserwachen in unserer Zeit< – lassen sich bis 1933/34 zurückverfolgen, d. h. bis in die Zeit, als Horváth noch vergeblich versuchte, als Ausländer einem Aufführungsverbot in Deutschland zu entgehen. Um im Deutschen Reich tätig bleiben zu können, stellte Horváth am 11. Juli 1934 einen Aufnahmeantrag an den national-sozialistisch ausgerichteten »Reichsverband Deutscher Schriftsteller«, dem stattgegeben wurde. In einem diesem Antrag vorausgehenden Schreiben vom 18. Juni 1934 an den »Neuen Bühnenverlag« biederte er sich hemmungslos dem neuen Staat an: »... es wäre für mich mehr als ein sehr schmerzliches Erlebnis, wenn man es mir untersagen wür-de, am Wiederaufbau Deutschlands mitzuarbeiten, soweit dies mir meine Kräfte erlauben.« Später bereute er diesen Schritt: »Es gibt nichts Entsetzlicheres als eine schreibende

Hur.« Im Frühjahr 1934 waren in Murnau die Vorbereitungen zum 1. Hochlandlager der Hitlerjugend, das vom 4. bis 28. August 1934 errichtet wurde, voll im Gange. 6000 Jungen, vorwiegend aus München und Oberbayern, nahmen daran teil. Einer von ihnen war Dr. Gerd Buhl, der damals fünfzehn Jahre alt war. Sechzig Jahre später teilte er mir seine Erlebnisse mit: »Auf dem ›Thing-Platz‹, wo wir uns oft feierlich zu versammeln hatten, befand sich ein Transparent mit der Inschrift in riesigen Buchstaben ›Wir sind zum Sterben für Deutschland geboren‹! Auf mich wirkte das, politisch betrachtet, zwar als ein arg unguter Holzhammer, doch die leichte Gänsehaut gefiel mir eigentlich. Sie entsprach unserer spätpubertären Ansprechbarkeit für heroisch geschwollene Formulierungen. – Meine Mutter, die im 1. Weltkrieg Operationsschwester in einem Feldlazarett war, las die markige Inschrift auch und nahm wütend einen der älteren hauptamtlichen HJ-Führer auf die Hörner: ›Aber das darf doch nicht wahr sein, – Ihr tut Euch ja leicht mit anderer Leute Kindern!!‹« (Brief vom 19. 2. 1994) Auch Dr. Richard Wick nahm als dreizehnjähriger Hitlerjunge an diesem Lager teil: »Auf den Krieg wurden wir sicher vorbereitet, wenn auch nicht mit der Waffe, umso nachdrücklicher jedoch psychologisch ... Ich zähle wahrscheinlich zu den wenigen Teilnehmern des Lagers, die den fünf Jahre später ausgebrochenen Krieg heil überstanden haben.« (Brief vom 15. September 1993)

Im Februar 1933 hatte Horváth nach einem heftigen Streit mit örtlichen Nationalsozialisten zwar aus seinem langjährigen Wohnort Murnau fliehen müssen, war aber wiederholt heimlich dorthin zurückgekehrt, um Material für einen neuen Roman zu sammeln. Wie bereits in seinen

Theaterstücken >Zur Schönen Aussicht< (1926) und >Italienische Nacht< (1930) ließ er sich in >Jugend ohne Gott< von Details anregen, die er dort erlebte. Zeitungsberichte, persönliche Erlebnisse, Beobachtungen und Gespräche bildeten den Fundus, aus dem Ödön von Horváth schöpfte. So haben für die Gestaltung des Julius Caesar, des Lehrers und des Pfarrers in Murnau lebende Personen Modell gestanden, etwa der Frühpensionist Ludwig Köhler, der strafversetzte Aidlinger Pfarrer Karl Bögner und der Volksschullehrer Leopold Huber. Auch der feig ausgeführte Schülermord könnte von einem Raubmord in Murnau inspiriert worden sein. Ein zwanzigjähriger arbeitsloser Schreiner namens Georg Göller hatte am 8. März 1934 den zweiundvierzigjährigen Kriegsinvaliden Johann Brey hinterrücks mit einem Beil erschlagen. Die Biographie des Mörders zeigt die ganze Tragik seiner Generation: »Ich wurde am 13. 1. 1914 zu Donndorf bei Bayreuth geboren. Bei Ausbruch des Krieges zogen wir nach Bayreuth in die Stadt, wobei mein Vater in den Krieg mußte. Leider kehrte er bald als Kriegsblinder heim, wobei durch Verschulden meiner Mutter Ehezerwürfnisse vorkamen und die Scheidung darauf folgte. Mein Vater ging dann in ein Blindenheim um einen Beruf zu erlangen, wodurch wir, meine 3 Geschwister und ich, in ein Stift Jean Paul in Bayreuth kamen. Mit 6 Jahren kam ich in die Volksschule. Leider wurde ich von der Haushälterin, welche mein Vater vom Blindenheim mit heimbrachte und 1923 heiratete zum Stehlen angelernt, wodurch meine Unterbringung in ein Erziehungsheim in Schwarzenbach a. d. Saale erforderlich wurde.« (Staatsarchiv München, JVA München 217) Für den Raubmord wurde Georg Göller Ende Mai 1934 zum Tode verurteilt.

»Für Wahrheit und Gerechtigkeit«

In ›Jugend ohne Gott‹ treten die Außenseiter, die »gestrandeten Existenzen«, für mehr Menschlichkeit ein und widersetzen sich dem Zeitgeist. Der strafversetzte Dorfpfarrer verhilft dem suspendierten Lehrer zu einer Stellung in Afrika und kümmert sich um das verwahrloste Mädchen. Julius Caesar, ein aus dem Schuldienst entlassener Altphilologe, bringt durch seine guten Kontakte zur Halbwelt den Mörder zur Strecke. Unterstützt wird er von Jugendlichen, die sich zu einem Klub zusammengeschlossen haben, weil sie nicht länger herumkommandiert werden wollen. Ihr Leitsatz ist »Für Wahrheit und Gerechtigkeit!« (S. 125). »Wir kommen wöchentlich zusammen und lesen alles, was verboten ist ... Und dann reden wir halt, wie es sein sollte auf der Welt.« (S. 121) So lernen sie, dem Zeitgeist zu widerstehen, selbstständig zu denken und ihr eigenes Leben zu leben. Spötteln ist im Klub streng verboten. Der spätere Widerstandskämpfer der »Weißen Rose« Christoph Probst (1919–1943) hätte sich in diesem Klub sicher wohl gefühlt, genauso wie seine Mitstreiter Alexander Schmorell (1917–1943), Hans Scholl (1918–1943), Sophie Scholl (1921–1943) und Willi Graf (1918–1943). Sie legten Zeugnis darüber ab, dass es in Deutschland junge Leute gab, die »Nein« sagten. Als Hitler im Januar 1933 Reichskanzler wurde, waren sie gerade in der Pubertät. Im November 1934 berichtete der fünfzehnjährige Christoph Probst von einer immer stärkeren Vereinnahmung durch die HJ, sogar am Sonntag, so dass ihm kaum noch freie Zeit bleibe. Damals besuchte Christoph Probst das Internat Marquartstein und war gerade in die Hitlerjugend eingetreten. Der spürbar werdenden Nazifizierung der Schule begegnete er zunehmend mit kritischer und ironischer Distanz. Seine intensive Auseinandersetzung mit Verwandten und Freunden über Literatur und Philosophie vertiefte seine geistige Unabhängigkeit und schärfte seinen Verstand. Im Landerziehungsheim Schondorf, wo Christoph Probst 1937 sein Abitur machte, hatten schulische und wissenschaftliche Ausbildung Vorrang vor der körperlichen Ertüchtigung, genauso wie humanistische und christliche Erziehungsvorstellungen ihre Gültigkeit behaupteten. Das Fundament für seine spätere Widerstandstätigkeit wurde in der Schule, vor allem aber im Elternhaus gelegt. »Auch im schlimmsten Wirrwarr kommt es darauf an, daß der Einzelne zu seinem Lebensziele kommt, zu seinem Heil kommt, welches nicht in einem äußeren ›Erreichen‹ gegeben sein kann, sondern nur in der inneren Vollendung seiner Person«, schrieb Christoph Probst am 27. August 1942. Ein halbes Jahr später beteiligte er sich an einer Flugblattaktion der »Weißen Rose«. Angesichts der katastrophalen Niederlage von Stalingrad mit 185 000 Toten rief er in einem Flugblatt unmissverständlich zum Sturz der Diktatur Hitlers auf, »damit Deutschland weiterlebt«. Seinen Mut und seine Zivilcourage musste er, wie seine Weggefährten der »Weißen Rose«, mit dem Leben bezahlen. Im letzten Brief an seine Mutter kurz vor seiner Ermordung am 22. Februar 1943 schrieb er: »Ich danke Dir, daß Du mir das Leben gegeben hast. Wenn ich es recht überblicke, war es ein einziger Weg zu Gott«.

Zu diesem Zeitpunkt war Ödön von Horváth bereits fünf Jahre tot. Auf seiner Flucht vor den Nationalsozialisten, die für ihn einen Tag nach dem Einmarsch Adolf Hitlers in

Österreich begann, war er am 28. Mai 1938 nach Paris gekommen. Dort traf er sich mit dem Regisseur Robert Siod-
mak, um mit ihm über die Verfilmung von ›Jugend ohne
Gott‹ zu sprechen. Am 1. Juni 1938 wurde Ödön von Horváth auf den Champs Élysées von einem herabstürzenden
Ast getroffen. Er war sofort tot. Fünfzehn Monate später begann der Zweite Weltkrieg. In einer Art frühem Vorwort
zum späteren Roman hatte Ödön von Horváth im November 1935 prophezeit: »Ich übergebe dieses Buch der Öffent-
lichkeit unserer Zeit. Ich weiss, es wird viel verboten werden, denn es handelt von den Idealen der Menschheit …
Es ist ein Buch gegen die geistigen Analphabeten, gegen
die, die wohl lesen und schreiben können, aber nicht wissen, was sie schreiben und nicht verstehen, was sie lesen.
Und ich habe ein Buch für die Jugend geschrieben, die
heute bereits wieder ganz anders aussieht, als die fetten
Philister, die sich Jugend dünken. Aus dem Schlamm und
Dreck verkommener Generationen steigt eine neue Jugend
empor. Der sei mein Buch geweiht! Sie möge lernen aus
unseren Fehlern und Zweifeln! Und wenn nur einer dies
Buch liest, bin ich glücklich!«

Daten zu Leben und Werk

1901   Edmund (Ödön) Josef von Horváth wird am
        9. Dezember als ältester Sohn des Diplomaten
        Dr. Edmund Josef Horváth und seiner Frau
        Maria Hermine in Fiume (heute Rijeka) gebo-
        ren.

1902   Umzug der Familie nach Belgrad.

1903   Geburt des Bruders Lajos.

1908   Die Familie zieht nach Budapest um. Ödön
        erhält von einem Hauslehrer Unterricht in un-
        garischer Sprache.

1909   Josef von Horváth wird in den Adelsstand er-
        hoben und nach München versetzt, Ödön
        bleibt in Budapest und besucht das erzbischöf-
        liche Internat.

1913   Er folgt den Eltern nach München und be-
        sucht zunächst das Kgl. Wilhelms-Gymnasium,
        anschließend das Alte Realgymnasium (heute
        Oskar-von-Miller-Gymnasium).

1916   Ödön wechselt an die staatliche Oberrealschule
        in Pressburg.

1918   Versetzung des Vaters nach Budapest, Frau
        und Kinder folgen ihm.

1919   Als der Vater wieder nach München versetzt
        wird, kommt Ödön in die Obhut seines Onkels
        nach Wien. Dort besucht er ein Privatgymna-

sium und schließt mit Abitur ab. Anschließend Immatrikulation an der Ludwig-Maximilians-Universität München für Kunstgeschichte, Theaterwissenschaft und Germanistik.

1920   Erste Gedichte entstehen. Sommerfrische mit den Eltern in Murnau.

1922   Horváth bricht das Studium ab und wird Schriftsteller. Sein erstes Buch, das >Buch der Tänze<, wird in München veröffentlicht.

1923   Er beginnt intensiv zu schreiben, vernichtet jedoch das meiste.

1924   Das neu erbaute Landhaus der Eltern in Murnau wird im Herbst bezugsfertig. Der Sohn Ödön ist nun in München und Murnau gemeldet. Die >Sportmärchen< entstehen.

1925   Umzug Horváths nach Berlin.

1926   Er kehrt zurück nach Murnau, meldet sich dort polizeilich und hält sich bis 1933 überwiegend dort auf.

1927   Horváth stellt bei der Marktgemeinde Murnau ein Gesuch auf Einbürgerung in Bayern. Uraufführung des Stückes >Revolte auf Cote 3018< in Hamburg.

1928   Der Antrag auf Einbürgerung wird von der Regierung von Oberbayern abgelehnt.

1929   Nach erfolgreicher Uraufführung des Stückes >Die Bergbahn< wird Horváth vom Ullstein-Verlag unter Vertrag genommen. Er beginnt den Roman >Der ewige Spießer<, der ein Jahr später erscheint.

1930   Arbeit an den Werken >Geschichten aus dem

Wiener Wald‹ und ›Italienische Nacht‹. Im September Austritt aus der katholischen Kirche.

1931   Horváth erhält den Kleist-Preis. Uraufführung von ›Italienische Nacht‹ in Berlin. Erster großer Theatererfolg mit der Uraufführung der ›Geschichten aus dem Wiener Wald‹ am Deutschen Theater in Berlin.

1932   Arbeit an ›Glaube Liebe Hoffnung‹. Uraufführung von ›Kasimir und Karoline‹ in Leipzig. Der Vertrag mit dem Ullstein-Verlag wird gelöst.

1933   Nach einem heftigen Streit mit Nationalsozialisten muss der Schriftsteller Murnau verlassen. Es folgt ein Aufführungsverbot für seine Stücke. Das Elternhaus in Murnau wird von der SA durchsucht. Ödön von Horváth hält sich überwiegend in Österreich auf. Ende Dezember heiratet er die Sängerin Maria Elsner. Die Eltern verkaufen das Landhaus in Murnau.

1934   Horváth übersiedelt nach Berlin und findet Anschluss an die Filmindustrie. Um schriftstellerisch arbeiten zu können, tritt er dem nationalsozialistischen »Reichsverband Deutscher Schriftsteller« bei. Im September Scheidung von Maria Elsner.

1935   Da Horváths Stücke in Deutschland nicht mehr gespielt werden dürfen, verschlechtert sich seine finanzielle Lage. Die Murnauer Polizei meldet den Autor als flüchtigen Kommunisten. Sein Name steht auf einer Emigranten-Liste des Bezirksamtes Weilheim.

1936	Horváth verbringt die meiste Zeit in Wien und in Henndorf bei Salzburg auf, nachdem ihm der Aufenthalt in Deutschland verboten wird. Uraufführung des Stückes >Glaube Liebe Hoffnung< unter dem Namen >Liebe, Pflicht und Hoffnung<.
1937	Fertigstellung des Romans >Jugend ohne Gott<, der im Exilverlag Allert de Lange in Amsterdam erscheint und in mehrere Sprachen übersetzt wird. Beginn des zweiten Romans >Ein Kind unserer Zeit<.
1938	Ödön von Horváth ist depressiv und durch finanzielle Sorgen belastet. Sein Roman >Jugend ohne Gott< wird in Deutschland verboten. Einen Tag nach dem Anschluss Österreichs an das Deutsche Reich flieht er nach Ungarn. Im Mai reist er über Budapest, Fiume, Triest, Venedig, Mailand, Zürich, Brüssel und Amsterdam nach Paris. Dort wird er am 1. Juni 1938 während eines kurzen Gewitters auf den Champs Élysées von einem herabstürzenden Ast erschlagen. Er wird auf dem Pariser Friedhof Saint-Ouen im Beisein zahlreicher Exilautoren beigesetzt.